ファン文庫

喫茶『猫の木』の秘密。

猫マスターの思い出アップルパイ

著　植原翠

マイナビ出版

CHARACTER

有《あり》浦《うら》夏《なつ》梅《み》（マタタビ）

文具メーカーに勤めるOL。
東京の本社から支社がある静岡県の片田舎、
あさぎ町に二年前に異動してきた。
高校時代の手痛い経験から恋愛無精。
『喫茶 猫の木』の常連。

片《かた》倉《くら》柚《ゆず》季《き》

海の近くにある『喫茶 猫の木』のマスター。
コーヒーの味も料理の腕前も評判だが、
店では常に猫のかぶり物をしているという変わり者。
大の猫好きなのに猫アレルギー。

果《か》鈴《りん》

片倉の姪っ子。自称恋愛マスターで、
夏梅になんとかして彼氏を作らせたい、
おませな小学四年生。

ニャー助《すけ》

夏梅が飼っているオス猫。
薄茶色の毛並みに茶色の縞々模様。
もとは『喫茶 猫の木』の裏に来ていた野良猫。

CONTENTS

STORY OF THE CAFE "CAT'S TREE"

イラスト／usi

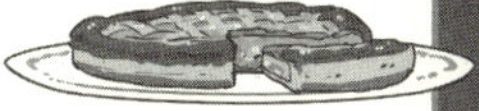

喫茶『猫の木』の秘密。

猫マスターの思い出アップルパイ

植原翠

Episode1・その秘密、猫男。

柔らかな黄色い光が、コーヒーの黒い水面を照らす。ゆらゆらとわずかに波打つ黒い円が、煌《きら》めく星を憩《いこ》わせていた。窓の外には夕暮れの海が見える。西日をたっぷり浴びて、波間が輝いている。遠くから響くきゃあきゃあというカモメの声が聞こえてくる。

コーヒーの香りと、外に見える水平線。カウンター席のいちばん窓際は、私の特等席。

「もうすぐ夏も終わりですね」

涼しい喫茶店のカウンターの向こうから私にそう語りかけるのは。

「秋になったら、また新しいメニューを考えましょうか」

頭だけが猫の顔をした、不思議すぎるマスターだった。


『喫茶 猫の木』――これは、私、有浦夏梅《ありうらなつみ》が通う変わった喫茶店のお話である。

静岡県のとある小さな海辺の町、あさぎ町にぽつんと建つ赤い屋根の喫茶店。海を見渡せる坂道に店を構え、今日もひと休みしたいお客さんたちを迎えている。西洋の童話に出てくるようなレトロな佇《たたず》まいで、座席は五、六台のテーブル席とカウンター席があるだけの小さなお店だ。

ここのマスターの片倉柚季《かたくらゆずき》さんは、ひとりでこの店を切り盛りしている。お客さんと雑談をしながら彼が淹れてくれるコーヒーは、深いこだわりと技を感じさせる極上の一杯だ。

ただ、このマスターはひと筋縄ではいかない変人なのである。

「このかぶり物、夏はちょっと暑いんです。ようやく涼しくなってきて、これからは快適な季節になります」

オレンジっぽい薄い茶色に、縞《しま》模様。頭にひょっこり生えた三角の耳。顔の下半分はふんわりと白く、口元はふっくら丸い。目はボタン。

片倉さんは、猫のかぶり物を被って喫茶店を営む変なお兄さんなのだ。

白いきれいなワイシャツにレトロなループタイを下げ、細身のスラックスに身を包み、暗色のエプロンがスタイルのよさを引き立てる。派手でなくとも野暮《やぼ》ったくはない、スタイリッシュな首から下。……に対して、ミスマッチなほどファンシーな猫のかぶり物。

私はコーヒーを片手に、彼を見上げた。

「暑いなら脱いだらいいじゃないですか、その猫頭！」

「それはだめです。これは外しませんよ」

わざと私を煽《あお》ってふふふっと笑っている。私がそれを脱がしたがっているのをわかっているのだ。質《たち》の悪いことに、この人は絶対にかぶり物の下の素顔を見せてくれない。

「なんでそんなの被ってるんですか」

この質問も何度かしているのだが、片倉さんは毎度いい加減にはぐらかす。

「猫が好きだからです」

「理由になってませんよ」

素顔がわからないので定かではないが、声の感じから年齢はおそらく三十歳前後と推定される。すらりとした細身で一見弱っちそうだが、時々コーヒー豆の大袋を軽々と運んでいるのを目にするので、意外とバカ力である。かと思えば手先はびっくりするほど器用で、ケーキを作れば細かいディテールまで美しく仕上げることもできる。

「そろそろ顔を見せてくださいよ。私がここに通いはじめて、もう二年以上になるんですよ。それなのに、片倉さんの謎は解けるどころか日に日に深まっていくばかりです」

温かいコーヒーに息を吹きかけて言うと、彼は背筋を伸ばして感嘆した。

「二年！　そんなになるんですねえ」

かぶり物は無表情なのに、仕草のせいか驚いた顔をしたように見える。

「そうですよ、あれから二年です」

私がこの町、あさぎ町にやってきたのはほかでもない。会社で失敗したがゆえの左遷である。

私の勤める会社は、そこそこ知名度のある中規模文具メーカーだ。今はその会社のあさぎ町支社で、経理事務をしている。

二年前、二十六歳のときまでは、大都会の真ん中の本社でデキる事務員をしていた。だが、他部署の部長とひと悶着《もんちゃく》あったせいでこのド田舎に飛ばされてしまったのである。

「そうかあ……マタタビさんもすっかりこの町に馴染みましたね」

片倉さんが感慨深そうに腕を組む。

彼の言う『マタタビさん』というのは、この人が付けた私のニックネームだ。下の名前が『夏梅』だから、『マタタビ』。ナツウメはマタタビの別名なんだそうだ。

そんなあだ名を付けられて二年とちょっと、私は毎日のように仕事帰りにこの喫茶店『猫の木』に立ち寄っている。仕事のあとのくたくたに疲れた体に、ここのコーヒーは最高に染み渡る。コーヒーだけでない。甘いケーキで自分を鼓舞したり、軽食を作ってもらって夕飯まですませてしまうこともある。今日も、平日のド真ん中の仕事帰りにこの店に立ち寄ったのだ。

飲み物やお料理がおいしい……というのも、通い詰める理由なのだが、それだけではない。

「もうずっと片倉さんが隙を見せるのを待ちつづけてるんですよ。なにかの弾みでいきなりそのかぶり物を外したりしないものかと……」

コーヒーカップを口元で傾け、カウンター越しに片倉さんを見上げる。片倉さんはいたずらっぽく笑った。

「ふふ。いつかね、いつか」

この人はこの人で、私との攻防戦を楽しんでいる節がある。この間抜けなかぶり物に、いたずら好きな一面。見るからに変人なのに、いや、だからこそなのか、目が離せない。

それが、この片倉柚季という猫男である。

好奇心をくすぐられて通い詰めてしまう。猫じゃらしに夢中になる猫は、こんな気持ちなのかもしれない。

「そうだ、片倉さん。ニャー助《すけ》のことで相談があるんですが」

ハッと思い出して、私はカップを置いた。

「自宅でパソコンをいじってると、キーボードの上に乗ったりして、ニャー助が邪魔しに来るんです」

ニャー助とは私が世話をしている猫の名前である。片倉さんのかぶり物と同じ、オレンジがかった茶色に縞模様の毛並みのオス猫だ。

二年前の初夏、『猫の木』の近辺に現れる捨て猫だった彼を、私が引き取って飼っているのだ。もともと片倉さんがかわいがっていた猫で、ニャー助の日常報告は、私の役目でもある。

片倉さんがふむ、と唸《うな》った。

「猫さんは、人間が動かずにじっとしているのを見ると、退屈してるのかなと思うそうです。ニャー助はマタタビさんが暇してるんだと思って、遊びに来てくれてるんですよ」

片倉さんはこのとおり、客の相談を親身になって聞いてくれる。また、かぶり物を被ってしまうほどの重度の猫好きのため、ニャー助については極めて真剣である。

「そっか。猫にとってはただ座ってるだけに見えてるんですね。でも作業の邪魔になるんですけど、これって対策はあるんですか？」

「ありません」

片倉さんはきっぱり言い切った。

「猫さんのすることだから仕方ない。これに尽きます」

「ああ、やっぱりその境地に行き着いてしまうんですね」

人間は猫に勝てない……その猫好きの弱みに苦笑する。

「まあ、私も妨害しに来たニャー助を撫でて甘やかしちゃうから悪いんですけどね」

再び温かいコーヒーを啜って言うと、片倉さんはなんだか楽しげに笑った。

「やっぱり、ニャー助を任せたのがマタタビさんでよかった。こんなにかわいがってもらって、あの子は幸せ者ですね」

「もちろん、一生かけて大事にしますよ」

こちらも誇らしげに返した。

私がニャー助を引き取ったのは、片倉さんに本当は猫を飼いたかったのに飼えない事情があったからだ。私は代わりなのである。ニャー助がかわいくて大事な子であるというのは大前提だが、私と片倉さんを繋いでくれた子でもあるので私にとっては世界一特別な猫なのだ。

仕事の帰りに、この喫茶店にやってきておいしいコーヒーや紅茶をいただく。カウンターの向こうでのんびり話す猫頭のマスターと、何気ない会話をする。これが私の至福の時間だ。

こんなのんびりした毎日が心地よくて、私は左遷されて来たくせに今ではこの町を気に入っている。

「秋の限定メニュー、なににするんですか？」

片倉さんのぼやきを思い出して聞くと、彼はうーんと首を捻った。

「秋はいろんなものが旬を迎えますね。リンゴとか、栗とか」

「ああ！　おいしい季節ですね。アップルパイとか、モンブランはどうですか？」

「いいですね。この時期にぴったりです」

そんなふうに穏やかな時間が過ぎていく中、お店の出入り口でドアベルがカランカランと音を立てた。

「いらっしゃいませ」

音に反応して振り向いた片倉さんが、あっと短く声をあげた。入ってきた青年も、おおっと少し驚きながらも口角をつりあげた。

「片倉！　来てやったぞ。本当に猫のかぶり物被って仕事してるんだな！」

「篠崎《しのざき》くん。来てくれたんだ」

片倉さんが珍しくフランクな口調で出迎えた。普段敬語で話す片倉さんがこういう話し方をするのは珍しいので、私は思わず片倉さんの猫頭と扉の前のお客さんを交互に見た。

『篠崎くん』と呼ばれたその人は、ちょっと赤みを帯びた茶髪のお兄さんだった。歳の頃は私と同じくらいか少し上、三十歳くらいだろうか。ちょうど片倉さんの推定年齢と同じくらいと思われる。少し色落ちしたジーンズに、上は黒いシャツにカーキ色のパーカーを羽織って、人懐っこい笑顔を浮かべている。手には両手で抱えるほどの大きな荷物を持って、重たそうに運んでいた。

「かぶり物なんて冗談だと思ったのに。まさか本当に覆面マスターだとは」

ケタケタと笑いながら片倉さんに歩み寄る彼に、片倉さんもふふふと嬉しそうに猫ヒゲを揺らす。

「似合う？」

「似合うもなにも顔が見えない。でもまあ、似合う！」

お互いに壁がなくて、砕けた距離感だ。こんな片倉さんはやはり珍しくて、ついつい凝視してしまう。

「片倉さん、お友達ですか？」

尋ねてみると、片倉さんの猫頭がこちらに向いた。

「紹介します。友人の篠崎くんです」

「どうもー！　片倉の友人の篠崎橙悟《とうご》です！」

赤茶の髪の青年はパッと晴れやかなスマイルで私に敬礼してみせた。

「わあ、片倉さんのプライベートのお友達って初めてお会いしました！」

驚く私の隣、カウンター席の椅子の横に篠崎さんが大荷物をそっと降ろす。それから彼自身も椅子に腰かけた。

「もしかして、君がマタタビちゃん？」

「えっ⁉」

さらにびっくりした。そのニックネームを知っていて、しかもどうして私がそうだとわかったのだろう。一瞬言葉に詰まった私の代わりに、片倉さんが頷いた。

「そう、この方がマタタビさん」

「申し遅れました、有浦です。マタタビさんです」

慌てて挨拶して、ぺこりと頭を下げた。篠崎さんはまたニッと目を細めた。

「やっぱりね。そうだと思った。片倉から聞いてた感じとイメージがぴったりだったからすぐにわかった」

「片倉さん、お友達に私の話なんてしてるんですか？」

カウンター越しの猫頭に目をやると、片倉さんはケホンと咳払いをした。

「個人的なことは喋ってないのでご安心を」

「そうそう、こいつは『ほぼ毎日来るかわいい常連がいる』くらいしか教えてくれないよ」

篠崎さんの証言に、私はえっ、と片倉さんを振り向いた。

「私、かわいいですか？」

片倉さんがなにか言う前に、篠崎さんが割り込んでくる。

「かわいいかわいい！　店に入ってすぐ、かわいい人がいるのが見えたから、この人かなって思った」

篠崎さんが真っ黒な瞳で私を見つめてきた。初対面の人からいきなりかわいいなんて言われると、少し戸惑ってしまう。心の距離感がすごく近い人だ。苦手とまでは言わないが、びっくりする。

片倉さんが手元にあった薄いレシピ雑誌をくるくる丸めて筒状にし、篠崎さんの頭をぽこんと叩いた。

「すみませんねマタタビさん。篠崎くんはちょっとノリが軽いんですよ。僕の友人が全部こんなタイプというわけではありませんし、僕もこうじゃないので誤解なさらないでくださいね」

「酷い！　俺はフレンドリーなだけだよ！」

叩かれた頭頂部を両手で押さえて、篠崎さんが抗議する。なんだか見ているだけでおもしろい光景だ。

「仲がいいんですね。お付き合い長いんですか？」

聞いてみると、片倉さんはふるふる首を振った。

「いえ、二か月ほど前に知り合ったばかりです」

「意外。絶対私より長いと思ったのに……」

あまりに親しいから、てっきり学生時代の友人か、下手すると幼馴染みくらいに思える。

「篠崎くんとは趣味の釣りを通じて知り合いまして。近くの海で釣っていたら、いつの間にか隣に彼がいて、そこから話が弾んで親しくなりました」

片倉さんがちらりと窓の外の海に顔を向ける。私はふうんと唇と尖らせた。

「片倉さんの趣味が釣りだなんて、初耳ですよ」

それどころか、片倉さんのプライベートは謎に包まれている。仮にどこかですれ違っていたとしても、かぶり物を被っていない片倉さんを私は見破ることはできない。どこまでも謎めいた猫男なのである。

そんな片倉さんだが、来る者拒まずの人柄であることは確認できている。そして篠崎さんは自称するとおりフレンドリーな性格のようだから、このふたりはすんなり友達になれたのだろう。それはわかるのだが。

「お友達、ってことは、篠崎さんは片倉さんのかぶり物の中を知ってるってことですよね？」

隣に腰かける篠崎さんに確認すると、彼はあっさり頷いた。

「うん。むしろ、猫の頭になってるのは今初めて見た」

「ずるい！　なんでですか片倉さん！」

私は勢い余って座席から立ち上がった。

「なんで知り合って二か月の釣り友達には顔を見せて、二年も会いに来てる私には見せてくれないんですか！　しかも、篠崎さんにはタメ口だし！」

ぎゃあぎゃあ文句を言いはじめた私に、片倉さんは少し仰け反って両手を胸の前で広げた。

「まあまあ、それはですね。篠崎くんはプライベートの友達で、マタタビさんはお客様ですから」

「どうしたら私もプライベートのお友達に数えてもらえるようになりますか⁉　ずるいです、なんで篠崎さんばっかり！」

「へえ、マタタビちゃん、片倉の素顔見たことないんだ」

篠崎さんは逆にそちらに驚いたようである。

「片倉、なんで見せないの？　取れよ」

取れよと言われたくらいで取るわけがないのに、篠崎さんはそれすらわからないほど片倉さんの素顔を見慣れているらしい。悔しがる私と平然としている篠崎さんを眺め、片倉さんは落ち着いて言った。

「篠崎くん、なにか飲む？」

やはり、篠崎さんから取るように言われても取らない。それどころかあからさまに話を逸らした。

「じゃ、マタタビちゃんと同じのを」

篠崎さんも簡単に流されてしまった。

「レギュラーコーヒー、ホットですね。承知しました」

お客さんに接する用の丁寧な言葉遣いになって、片倉さんは背を向けた。壁沿いの棚に並べられたカップを手に取り、コーヒーメーカーに片手を伸ばす。軽やかな手つきで用意されるコーヒーの香ばしさが、ふんわりと広がる。鼻孔《びこう》をくすぐる穏やかな匂いに、ほうっと心地よくなってくる。片倉さんの慣れた仕草が鮮やかで、ちょっとしたショーを楽しんでいる気分になる。

「篠崎くんが僕の店を訪ねてきてくれて嬉しいよ。それにしても、その大きな荷物はなに？」

片倉さんがコーヒーを篠崎さんの前に置く。受け皿がコト、とカウンターで軽い音を立てた。篠崎さんは片倉さんの手を目で追いかけながら、それがさ、と切り出した。

「マスター片倉に頼みがあってさ。マジで真剣に、今困ってて」

「おや。篠崎くんが困ってるなんて珍しい。どうしたの？」

片倉さんが小首を傾げる。隣で聞いていた私は、手元のカップを口につけて様子を見ていた。

片倉さんは、なぜかお客さんからよく悩みを打ち明けられる。顔が見えない〝誰か〟でいてくれる猫頭の効果だ。それに加えて真剣に聞こうとする健気な姿勢に、人は話を聞いてほしくなる。

「明日から出張で、九州に行かなきゃならないんだよ」

篠崎さんの話に片倉さんがほうと猫頭の口元に指を当てる。

「九州！　いいね。お仕事でも遠出はわくわくする」

「しかも、結構長い。一か月ちょっと滞在することになる」

篠崎さんがことのほか神妙な顔をする。片倉さんはふむふむと相槌を打っていた。篠崎さんは一層真面目な声色で、片倉さんに言った。

「その間、こいつを預かってほしいんだ」

篠崎さんは床に置いていた大きな鞄を膝に乗せ、半開きになっていたファスナーを全開にした。

中から覗く、琥珀《こはく》色とグリーンの混じった大きな瞳。白っぽい毛の塊が、ふんわり丸まっていた。片倉さんがかぶり物の目を輝かせた。

「猫さん！」

私も思わず目を見張る。大きな鞄だと思っていたのは、カバーをかけられたペットキャリーだったのだ。その中には、ちょっと小柄なミルク色の猫。耳の先っぽと鼻先だけほんのり小麦色で、クリームの泡がたっぷり乗ったカプチーノみたいな模様だった。

「かわいい。よく『笹かま』って呼ばれる毛色ですね」

片倉さんの視線が猫に注ぎ込まれる。片倉さんの言うように白地の体に焦げ日みたいな茶色はたしかに笹かまぼこに似ている。

見慣れない景色に驚いているのか、猫は首を低くして耳をぺしゃんこにしていた。

「耳と顔がうっすら小麦色だから、『小麦』って名前なんだ。オス猫。こいつ、いつもはやんちゃなんだけど今は俺がいなくなるのを察してるみたいで。でも慣れればすごく懐っこいはず」

篠崎さんは両手を合わせて片倉さんを拝んだ。

「出張の間はペットホテルに預けるつもりだったんだけど、俺の手ちがいで予約が完了してなかったらしい。予約できてるものと思ってたから、余裕でいたんだけど……さっき確認の電話をして、できてなかったことに気がついた。しかも明日からは予約が埋まっちゃってて、預かれないって言われちゃったんだよ」

「なるほど……」

片倉さんが腕を組む。

片倉さんと篠崎さんが急速に仲良くなった本当の理由がわかった気がした。篠崎さんは猫を飼っていたのだ。だから猫好きの片倉さんと意気投合したのだ。

「急な話で申し訳ないんだけどさ！　出張の間だけ、小麦の世話をお願いしたいんだ。だめ？」

篠崎さんの懇願を前に、片倉さんが唸った。

「猫さんは好きだし、預かりたいのも山々なんだけど……こればっかりは。僕、猫アレルギーだから」

「へっ？　アレルギー⁉」

篠崎さんが叫んだ。

そうなのだ。片倉さんは筋金入りの猫好きなのに、不憫《ふびん》なことに猫アレルギーなのである。大好きな猫に触ると、あるいは近くにいるだけで、くしゃみや目の痒《かゆ》みといった症状に襲われる。ニャー助を飼えず、代わりに私が飼うことになったのもその経緯があるからなのだ。

「今もちょっとムズムズしてる。ああ、触りたいのに……」

片倉さんが残念そうにキャリーを見つめた。篠崎さんは片倉さんと仲良しのくせに、この体質のことは知らなかったようである。

「そうだったのか。片倉は猫が好きだから、アレルギーがあるだなんて考えもしなかった。そうか……じゃあ頼めないよな」

表情豊かな篠崎さんは眉間にクシャッと皺を寄せた。

「困ったな。ほかに頼めそうな人いるかな……」

「動物病院にお願いしてみたらどうかな」

片倉さんが提案するも、篠崎さんは首を振る。

「あちこち当たってみたけど、どこも急には厳しいみたいで」

「ふむ……出張に連れていくわけにもいかないしなあ」

一緒に考えている片倉さんを窺《うかが》い見て、私はそろりと口を挟んだ。

「あの……私、小麦ちゃん預かりましょうか？」

「え？」

篠崎さんがこちらを振り向く。片倉さんの猫頭も同時に私の方を向いた。私は頷いて付け加えた。

「うちにも猫、いますから。暮らし方はわかるつもりです。お世話が二匹分に増えるだけなので、お預かりできますよ」

「本当に⁉　助かるよ、マタタビちゃん」

篠崎さんが目をきらきらさせた。片倉さんは逆に少しオロオロと戸惑った。

「そんな、いいんですか？」

片倉さんに確認されて私はしばし宙を仰いだ。本当は、初対面で何者なのかよくわからない人の猫なので、少しは不安もある。だが片倉さんのお友達のようだし、一時的に猫を一匹預かるだけなら私はそんなに苦でもない。

「もちろん、大事な猫ちゃんを預かる責任の重さはわかってます。篠崎さんも、初対面の私に預けるのは心配かもしれないんですけど。でも、篠崎さん困ってるし、このままじゃ小麦ちゃんだって行き場がありませんから。私でよければ預かります」

ニャー助だっているのだ。一匹も二匹もそんなに変わらない。

「そもそも、ニャー助だって片倉さんの代わりに世話してるんですし」

「それは……そうでしたね」

片倉さんが妙に納得する。

篠崎さんはしばし言葉を失っていたが、やがて彼は一層瞳を輝かせた。

「ありがとう！　片倉お墨付きのマタタビちゃんなら安心だ！　お願いします！」

篠崎さんはがしっと私の手を両手で握りしめた。力強さにびくっとする。初対面でも距離の近い、本当に壁のない人だ。親しくもない人からの固い握手というのは少し困惑してしまうが、彼の無邪気な明るさを前にするとなんとなく憎めない。

「承知しました！　篠崎さん、安心して出張先でのお仕事頑張ってください！」

私も負けじと友好的に笑い返した。篠崎さんがちらと、自身の背後の扉の方に視線を向ける。

「小麦に必要なものは、外に停めた車の中に積んであるんだ。マタタビちゃんの家まで持っていくね」

「わかりました。あ、あと連絡先いただけますか？　小麦ちゃんのことで相談があるときは連絡を取りたいので……」

私にそう言われて篠崎さんは握っていた手を離した。

「そうだな。困ったことがあったり、必要なものがあるときは連絡ちょうだい。ていうか、俺が寂しいから小麦の写真を送ってもらえると嬉しい」

篠崎さんがジーンズのポケットに手を添える。携帯を取り出す彼を見て私も鞄から自分の携帯を取った。

「あはは、そうですね。元気な姿を報告します」

お互いの連絡先を交換し、篠崎さんは満足げにコーヒーを啜った。

「本当に助かったよ。よかったな、小麦」

篠崎さんに話しかけられ、小麦は少し怯えながらも周囲を見渡した。私は以前、片倉さんに教えてもらったある仕草を思い出した。

「猫と仲良くなりたいときは、目を合わせてゆっくりまばたきするんでしたっけ？」

片倉さんに確認すると、彼はこくこく頷いた。

「愛情を伝える仕草ですね。仲良くなりたい気持ちを伝えるには、それが有効です」

猫同士で交わされる仕草だが、ゆっくり目を閉じるという行動は親愛の表現なんだそうだ。「好き」や「信じてる」を表すボディランゲージのひとつで、それは人間と猫の間でも通じ、猫への挨拶になる。

片倉さんの返答を受け、私は小麦に向き直った。キャリーの網から見えるガラス玉のような小麦の瞳を覗き込む。琥珀とグリーンが混じったヘーゼル色の瞳と目を合わせ、ゆっくり目を閉じた。

二秒後にそっと、目を開ける。小麦はまだ警戒した顔をしていたが、彼の方もじっと私を見つめていた。

「よろしくね、小麦」

私の言葉がわかったのか、小麦がみゃう、と小さく鳴いた。

小麦のかわいい声に、片倉さんはふふっと微笑んだ。

「マタタビさんの猫の引き取り方、ニャー助のときと一緒ですね」

「ん？　なんですか」

二年前を思い出したらしい片倉さんを見上げると、彼は肩を竦《すく》めて柔らかに言った。

「なんでもありません。小麦さんのこと、僕も全面協力させてもらいます」

また小麦がみい、と、か細く鳴いた。

これが私と小麦の出会い、そして、篠崎さんとの出会いだった。

Episode2・猫男、見極める。

「小麦はいい子にしてる？」

翌日の昼、篠崎さんはさっそく私にメッセージを送ってきた。私はお昼休憩中で、食事を終えてのんびりしていたときだった。篠崎さんは、九州に着いたところだろうか。

いい子にしてるか、と問われて、私はしばし返信に躊躇した。正直言って、小麦はまだ我が家に慣れてくれていなくて、接し方に苦戦していたところだったのだ。

遡《さかのぼ》ること、昨日の夜。私は小麦を連れて、篠崎さんの車に乗せてもらい、喫茶店から自宅に帰った。

普段自転車通勤のため、会社の帰りに立ち寄った『猫の木』にも自転車で訪れていたのだが、その自転車は片倉さんの許可を得てお店に置いたままにさせてもらった。篠崎さんからなるべくいろいろな小麦の情報を聞いておきたくて、小麦の生活用品を運んでもらうついでに私も一緒に車に乗せてもらったのである。

車の中で篠崎さんは生き生きと小麦のことを話してくれた。

まず、小麦は人が好きで篠崎さんにべったりであること。お気に入りのタオルケットがあることや頭を撫でられるのが好きなこと、袋に入って遊ぶのが好きなこと。ノリが軽い人ではあるが、篠崎さんは意外と愛情深いようだ。

篠崎さんに送ってもらって、会社から指定されて住んでいるアパートに着く。小麦用の荷物を部屋の前まで運んでもらい、篠崎さんとはそこで別れた。

「じゃあマタタビちゃん、小麦のこと、よろしくな」

「はい。篠崎さんも、遠くでのお仕事大変だと思いますけど、あまり無理せずお体を大切にしてくださいね」

最後にもう一度、篠崎さんはキャリーの中の小麦と目を合わせ、私に一礼して去っていった。

篠崎さんを見送ったあとは、片倉さんから受けた指導を思い出しながら私は緊張の瞬間を迎えた。

「ええと……まず、ニャー助に見つからないように小麦を家に入れる」

ぽつんと呟いて、部屋のドアを開けた。片倉さん曰く、先住猫が新しい猫をよく思わないことがあるので、まずは姿を隠して隔離しておいた方がいいとのことだったのだ。

ところが、私の注意も虚しく、ニャー助は私を迎えるために玄関に現れた。

薄い茶色にしましま模様。丸っこい顔に、ピンクの鼻。緑色の目。いつもならその愛らしさに撫でまわしたい衝動に駆られるのだが、このときばかりはその姿を見ると心臓が止まるくらいの緊張が駆け抜けた。

さっそく小麦が見つかった……かと思ったが、幸い小麦はカバーをかけたキャリーに入っているので、外からは姿が見えない。いったん胸を撫で下ろす。

「ただいま、ニャー助」

声をかけると、ニャー助がにゃーんと鳴いた。お出迎えしてくれているが、よく見ると彼は探るような目をしていた。どうやら、私が別の猫を連れてきたことに匂いで気付いてしまったようである。

感づいてはいるが事実をあきらかにするのはやめよう。私は小麦のキャリーをニャー助があまり入ってこない物置部屋に置いた。ニャー助にご飯を与え、彼がそちらに夢中になっているうちに小麦のものを物置部屋に運び込む。ひとまず、小麦の姿をニャー助に見せることなく搬入できた。

ここから第二段階である。小麦の匂いが付いているものを、ニャー助のテリトリーに置く。これも片倉さんに教えてもらったのだが、猫同士を直接対面させる前に、匂いに慣れさせるのがいいそうだ。小麦はすでに家に染みついたニャー助の匂いを嗅いでいる。ニャー助には小麦のお気に入りだという淡い黄色のタオルケットを近づけた。ご飯を食べ終わって前足で顔を洗っているニャー助から、一メートルほど距離を置いてカーペットの上にタオルケットをそっと置いた。そのときだった。

にゃーん、と、なぜかこのタイミングで小麦の鳴き声が響いたのだ。ニャー助がピンと耳を立てる。猫は耳がよくて鼻も利くので、ニャー助はすぐに小麦のいる場所を当てた。てててっと駆け出したかと思うと、半開きだった物置部屋の扉に体をねじ込み、カバーが半開きになったキャリーに顔を近づけた。

あまりの素早さに対応しきれなかった。私はニャー助の後ろ姿と、ニャー助に真正面から顔を合わせている小麦のびっくり顔を、ただ見ていることしかできなかった。

まだ対面させたくなかったのに。心の中で呟いたが、扉の外から見た感じでは、お互いおとなしく見つめあっているだけである。

「もしかして、あんまりいやじゃないの？」

声に出して聞いてみた。ニャー助がちらと振り向く。動揺しているようにも見えるし、許しているようにも見える。考えてみたら、猫は集会を開く生き物である。もしかしたら、ニャー助にとっては仲間が増えたような気持ちなのだろうか。

体の半分以上が薄茶色でお腹や顔周りが白いニャー助と、全体的にミルク色で部分的に茶色い模様がある小麦。二匹並んでいると、なんだかカフェオレとカプチーノみたいでなんともかわいらしい。

「小麦ちゃんっていうんだよ。一か月くらい一緒に過ごすから、よろしくね、ニャー助」

ニャー助に語りかけながら、私は物置部屋に入ってそっと小麦のキャリーの扉を開けた。

ニャー助と小麦が、お互いに擦り寄ってくれたら。

……なんて浮かれた幻想は、あっという間に打ち砕かれた。

シャー！　という小麦の険しい形相、ニャー助の方もウニャーッ！　と牙を剥《む》く。キャリーの扉が開いたことで、二匹は急に我に返ったように威嚇《いかく》しはじめたのだ。

一触即発。両者とも背中の毛を最大限に逆立てて、目を三角にして敵意を向け合う。しかも、先に手が出たのは新参者の小麦の方だった。クリームパンみたいな手に鋭い爪を立て、ニャー助の顔をめがけてシュッとパンチを繰り出す。ニャー助は小麦の猫パンチを見事に食らい、丸い顔をベシッと横に向けられた。

「うわ、こら！」

私は慌ててニャー助を抱き寄せて止めようとしたのだが、こういうときの猫は本能がむき出しになるのか、ものすごく素早い。ニャー助も反撃しようと思ったのか丸い手を小麦に向ける。小麦はその攻撃を首を引っ込めて躱《かわ》し、ギャアーッと鋭い声でニャー助をけん制した。ニャー助も負けじと牙を見せていたが、やがて彼はすごすごと物置部屋を出ていった。

「えっ……ニャー助の負け⁉」

寂しく去っていく後ろ姿を見て私は青くなった。

これは大変な生活になるぞ……。

そんな経緯があっての、篠崎さんからの「小麦はいい子にしてる？」というメッセージである。

昨日と今日は小麦には物置部屋で過ごしてもらうことでニャー助と隔離して、事なきを得た。が、この先慣れてくれるのか不安である。

いい子かどうか聞かれれば、悪い子ではないのだが先が思いやられる、というのが事実だ。正直、多頭飼いを甘く見ていた。猫同士があんなに揉めるとは思わなかったのだ。とはいえ、小麦を預かろうと言い出したのも、初対面のときに失敗したのも私の責任なのである。

「いい子にしています。ただ、ニャー助と仲良くなるのには時間はかかるかもしれません」

返信を打っていたら、背後から声がした。

「有浦さん。それ、お相手は誰ですかあ？」

鼻にかかった甘い声。マシュマロみたいなふんわりした声質なのに、どこか直感的に感じてしまう、危険な毒の気配。

「もしかして男の人ですかあ⁉　きゃーっ有浦さんにもついに！　あの有浦さんに！」

「真智花《まちか》ちゃん……〝あの〟ってどういう意味よ」

私は後ろで勝手に興奮する後輩に、温度差のあるドライな反応で返した。

桃瀬《ももせ》真智花。彼女は去年入社したばかりの後輩である。ふわふわっとしたかわいらしい容姿に、甘え上手な性格。それはそれはかわいい後輩である。

ただ、彼女の〝かわいい〟は緻密な計算によって作られたものである。男ウケを狙ったセンスに、あざとい仕草、天然を装って発される発言の数々。時に他人を陥れることも厭《いと》わない。

「彼氏いない歴の記録を更新しつづけてる有浦さんと連絡取りあってるなんて、いったいどんなお相手なんですかあ?」

かわいくあることに全精力を傾け、研究と計算を重ねる姿には脱帽する。かわいい見た目も仕草も人脈もすべて、真智花ちゃんが努力で作りあげてきたのだ。そこは素直に尊敬する。だが。

「有浦さんのお眼鏡に適った人ってどれほどハイレベルな方なんですかあ?」

ちくちく嫌味を突き刺してくる陰険さは感心しない。

「まだ男だなんて言ってないでしょ。まあ男性であることにはまちがいないけど、友達の友達っていうか、とにかく、真智花ちゃんが喜ぶような話じゃないよ」

ぷいっと真智花ちゃんから目線を外して携帯に戻る。真智花ちゃんはまだ後ろでわくわくしている。

「有浦さんはそんなこと言ってますけどね、私、鼻が利くんですから! わかりますよ。恋の風を感じます」

「気のせいだよ」

ついつい、冷めた態度であしらってしまった。

私はこういう、色恋沙汰でキャッキャする会話がとにかく苦手なのである。他人の惚れた腫れたで話を膨らませて、甲高い声で騒ぐ様子というものはどうにも寒い。まったく興味が湧かないし、自分のことを探られるのも不愉快だ。

逆にそういった話題を嬉々として話したがる真智花ちゃんは、私を捕まえては一方的に盛り上がってしまう。

「それより真智花ちゃん、シャルルちゃんをほかの猫と対面させたこと、ある？」

私は話を逸らすついでに聞いてみた。

真智花ちゃんと私は相容れないタイプの人間だが、ひとつだけ猛烈に共感できる話題がある。それが彼女の飼い猫『シャルル』の話だ。

「んー、動物病院に連れていったとき、ほかのワンちゃんや猫ちゃんとキャリー越しに顔を合わせたことはあります。それと、自宅の窓辺にノラちゃんが来て、お互いに見てることはありますね」

真智花ちゃんは鼻にかかった声で返した。

真智花ちゃんは腹黒いが、飼い猫のラグドールのシャルルについては意外と真面目なのである。考え方がまるで正反対の私と真智花ちゃんだが、猫の話題であればひと晩語り明かせそうな気がしている。

「そっか、二匹以上と同時に暮らしてたことはないのね」

「有浦さん、ニャー助くん以外に猫ちゃん飼うんですか？」

「一時的にね。さっき話した友達の友達が遠出してる間だけ、預かることにしたの」

「えっ、猫ちゃん預けるほどの信頼関係なら、やっぱりただの友達の友達ではないじゃないですか！」

真智花ちゃんがまた瞳をきらきらさせた。このままでは無限ループになると感じて戦慄した直後、私を救うかのように昼休憩の時間が終わった。

その日の帰り、私は『猫の木』に立ち寄って、片倉さんに事の一部始終を話した。片倉さんは私が注文したアイスカフェオレを作りながら、ああ、とため息に似た唸り声を洩《も》らした。

「やはり難しかったんですね……無理もないです。ニャー助も小麦さんも、オスですもんね」

「オス同士は同居が難しいんですか？」

カウンター席から片倉さんを見上げる。彼は少し、猫頭を傾けた。

「一概にそうとは言えませんが、初対面では縄張り争いが起こりやすいんです」

「あ、縄張りに入られたら敵と見なしてしまうんですね」

グラスに入れられた氷がカラカラと音を立てる。

「でも、同じ町内で縄張りを持ってる猫同士は集会したりしてるじゃないですか。あれは顔を合わせてもお互いいちいち喧嘩しませんよね？」

空き地や公園に集まる猫たちを思い浮かべて、私は片倉さんに尋ねた。あの猫たちは集まるだけ集まって、なにをするでもなく各々が自由に過ごしている印象がある。片倉さんがミルクピッチャーを片手に答えた。

「そうですね。ハンティングテリトリーを共有する猫さんたちは、上下関係ができているので余計な喧嘩をしないんです。そういう集会で顔合わせもして、匂いを覚えたり順位を確認したりしてるんですよ。ただし、知らない顔が入ってくると、皆で連携を取りあって追い出したりもする。猫社会はハードボイルドですね」

「ニャー助のテリトリーに見ない顔の小麦が現れたから、戦闘になったということですね」

対面は慎重に、徐々に匂いに慣れさせてから……という過程の大切さを痛感した。片倉さんが付け加える。

「もちろん個々の性格もありますが、性別や年齢で相性の良し悪しはあるようですよ。さっき申し上げたとおり、オス同士は争いやすい。年齢では、子猫とシニア猫の相性があまりよくないとか。子猫の元気さがシニア猫にとっては鬱陶《うっとう》しいそうです」

それを聞いて、私は一瞬真智花ちゃんと自分を思い浮かべた。元気にキャッキャしている真智花ちゃんと、彼女に元気を吸い取られている私。ちょっとシニア猫に共感してしまった。

「ニャー助と小麦さんにおいても、上下関係をはっきりさせれば無駄な争いはなくなると予想できます」

片倉さんが手際よく、グラスに冷たいコーヒーを注ぐ。

「マタタビさんは帰ったら最初にニャー助の名前を呼んで、ニャー助から撫でてください。今の場合はニャー助が先住ですので、ニャー助を立ててあげてください。新入りがちやほやされて自分があと回しにされるのは、先輩猫にとってはおもしろくない状況です」

私はその流れるような仕草を観察しながら頷いた。

「そっか、新しい猫の方が慣れてない分気になってしまうけど、先住の子を優先してあげるんですね」

「はい。猫に限らず、どんな生き物もそうですね。人間もそうです」

たとえば、職場に若い新人が入ってきて上司からの扱いが雑になった先輩。弟や妹が生まれて親がそちらにつきっきりになってしまい寂しい思いをする幼い兄や姉など。そういう状況を思い浮かべてみるとピンとくる。

「先住猫のニャー助を優先することで、あとから来た小麦は順位を覚えてくれると思います。猫は階級を重んじるので、自分よりニャー助の方が先輩であると理解すれば攻撃するのをやめるでしょう」

片倉さんに言われ、私は大きく頷いた。

「同じ縄張りの中に住んでる猫同士が無駄に争わないのは、順位が決まってるから、なんですね。新入りはボスに歯向かわない」

今の状況は、ニャー助の縄張りに順位もなにも知らない小麦が現れ、抗争が起こった状態だ。こうなってくると、上下関係というものがいかに重要か、わかってくる。

「それと、もしかしたら模様も関係してるのかもしれませんね」

片倉さんがアイスカフェオレをカウンターに差し出した。私は片倉さんを見上げた。

「模様？　それって、ニャー助が茶トラ白で、小麦が笹かまだからということですか？」

「ええ。これも個体差はありますが、猫さんの性格は毛色ごとに傾向があるといわれているんです。たとえば、白い猫さんは気高く、繊細で神経質な子が多いようです。暗闇の中で目立ってしまうからかもしれませんね」

私は興味津々に耳を傾けた。

「黒い猫さんは友好的な子や気が強い子が多い」

「へえ！」

「ほかにも、キジトラは野性味のある子が多いとか、サビは温和とか。模様に白や黒がある子は、その色の面積で白猫寄り、黒猫寄りと性格が出るようなんです」

片倉さんは猫に近づけない体質なのに、こんなことまで知っている。

「小麦さんは部分的に模様が入っている、ポインテッドという毛色に分類されます。ものすごく甘えん坊になりやすいそうです。そして、とっても感情豊かな子が多い。昨日ここにいたときは『怖い』という気持ちが強かったから怯えていたし、ニャー助とはじめて会ったときは『誰だ！』って思ったからいきなり威嚇したのかもしれないですね」

言ってから、片倉さんはちょっと下を向いて声のトーンを落とした。

「篠崎くんそっくりだ。飼い主に似るとはよくいったものです」

「そんなまるで篠崎さんが直情型みたいな……」

「猫ならかわいいんですけどねえ」

篠崎さんにはやや毒舌になる片倉さんに、彼の新しい一面を発見した気がした。

「それじゃ、ニャー助の茶トラ白の模様はどんな性格の子が多いんですか？」

尋ねてみると、片倉さんは淀みなく答えた。

「これも甘えん坊です。それからおっとりしていて温厚で気弱。怖がりだけど強気ぶる。不器用です」

言われてみれば、昨晩のニャー助は小麦に攻撃しようとしたがうまく躱され、挙句《あげく》喧嘩に負けて退散してしまった。普段は甘えてくるが気分次第で私に喧嘩を売ってくるところも、当たっている。

それにしても。私は目の前の茶トラ白頭を見つめた。おっとりしていて温厚で気弱って、まるで片倉さんだ。片倉さんが思い出したように言い足した。

「あ、あと、愛情の表現が回りくどいところがあるそうです」

ますます片倉さんの性格にそっくりである。

私は片倉さんに作ってもらったアイスカフェオレのストローに唇をつけた。氷のカランという軽やかな音が涼しい。

「見た目でなんとなくわかるものなんですね。そういえば、人間もファッションでだいたいどんな人かわかりますよね」

私はたとえとして真智花ちゃんを想像した。彼女は女に生まれたことを最大限に楽しみ、全力でかわいい自分を演出する。髪の手入れ、ガーリーな服、そのすべてが真智花ちゃんを物語るのだ。

「そうですねえ。おもしろいものです」

片倉さんが微笑む。シンプルですっきりした衣装に大胆な猫頭という不思議ファッションも、ある意味この人をすべて物語っている。

帰ったら、猫の模様のことをもっと調べてみようかな、などと考えてカフェオレを口に流し込む。ミルクの香りがふんわりと甘くて、ほんのり苦みのあるコーヒーの味が溶け込んでいく。

カラン、とドアベルが鳴る。来客のようだ。

「いらっしゃいませ」

片倉さんが迎えた。入ってきた女性を見て、私はストローを思わず口から離した。

真っ先に目に飛び込む、黄金色の髪。左耳のあたりだけ緑色に染められていて、まっ赤な唇とのコントラストが目を引く。胸元を強調するシャツにヒョウ柄のタイトなミニスカートを合わせ、耳に無数のピアスを輝かせていた。

第一印象は、〝強そうなお姉さん〟。

「マスター、聞いて。最悪」

もはやつま先立ちといえるほど高いヒールをカツカツ鳴らしてカウンターに歩み寄り、不機嫌な口調で言う。私の隣の席をひとつ開け、彼女もカウンター席に座った。私は驚いて一瞬固まってしまったのだが、片倉さんは普段どおりまったく動じなかった。

「どうなさいました。また、ご友人からなにか言われました？」

「そうなんだよ。私の趣味なんだから、ほっとけっつうの」

トゲトゲした話し方はまるで片倉さんに怒っているみたいだが、片倉さんは慣れているようで余裕ありげに聞いている。この会話の様子からして、この強そうなお姉さんは馴染みのお客さんのようだ。

そこで、またドアベルが来客を知らせた。

新しく来た客が、先に来ていたお姉さんを見て呟く。お姉さんはくわっと牙を剥いた。

「待ってよ……なんでその高いヒールでそんなに速く歩けるの？」

「早く座りな！」

新たに入ってきたその男性を見て、私はもう一度絶句した。

ひょろひょろしたマッチ棒みたいな体格に、よれよれにくたびれた無地のグレーのTシャツ。穿いているジーンズは丈が合っておらず、やけに明るい黄緑色のサンダルは大きすぎでパカパカ引きずっている。手足も細くて、顔はほとんど髪で隠れてしまっていた。

第一印象は、〝弱そうなお兄さん〟。

なにより驚くのが、先程の強そうなお姉さんの連れであることだ。私がいるのと反対側のお姉さんの横、つまり私から見て三つ隣の椅子に腰を下ろし、猫背でメニューを見る。

お姉さんはその貧相な横顔を一瞥《いちべつ》した。

「お互いの気持ちを正直に話して、なんとか付き合うまでになったのはマスターのお陰。これはいくら感謝してもし足りない」

お姉さんの発言で私は本日三度目の硬直をした。この対極にあるような外見のふたりが、交際しているのだと。

片倉さんは、このお店を訪ねてくるお客さんから悩みを打ち明けられることが多々ある。片倉さんに相談することで気持ちを切り替えられたり、勇気をもらったりしているお客さんはたくさんいる。それにこの店ではお客さん同士のミラクルな遭遇がきっかけで、カップルが成立することもあるのだ。

このふたりも、そんなカップルの一組のようだ。片倉さんのコーヒーには縁結びのご利益でもあるのだろうか。

お姉さんはお兄さんの持つメニューを一緒に覗き込んだ。

「こいつがこんなんだから、友達が皆『ださい！　そんな奴のどこがいいの』って言うんだよ。このださいのがいいんだけどなあ」

お兄さんの方はメニューを目でなぞりつつ頷く。

「僕も、『そんな怖い女に近づかない方がいい。絶対騙されてる』って言われる。見た目に騙されてるのは君の方だよ、と返してるんだけどね。なかなかわかってもらえないよ」

なるほど、と私は思った。このふたりにはそれぞれ、見た目の雰囲気が似た友人がいて、それとはまったく系統のちがう姿の恋人ができたことで友人は驚いてしまったのだ。他人にとやかく言われたくない本人たちの気持ちはわかるが、心配になる友人の気持ちもわかる。実際、私自身もびっくりしてしまった。

「なにを頼もうかな……」

お兄さんが見た目どおりのうだつのあがらない声を出す。お姉さんも注文が決まらないらしく、睨むような視線で片倉さんを見上げた。

「マスター、おすすめある？」

「そうですね……おふたりを見ているとどうしても思い浮かべてしまうお茶があります。おふたりとも、ハーブティーはお好きですか？」

片倉さんが問う。凸凹《でこぼこ》カップルはちらと顔を見合わせて、頷いた。片倉さんが茶葉の詰まった瓶を手に取る。

「では、ミントティーをご用意しましょう。この上なく爽やかなおふたりの関係に、ぴったりのお茶です」

片倉さんがガラスのポットに茶葉を入れる。カップルはいつの間にかメニューをカウンターに置いて、片倉さんの作業を眺めていた。ミントのさっぱりした香りと、深い紅茶の香りが織り交ぜられていく。鼻に抜けるすーっとした匂いが心地よい。無関係の私までもが、その豊かな香りに引き付けられた。

蒸らしている間、片倉さんは透明のポットに透ける金色のお茶を見つめて言った。

「難しい問題ですよね。ご友人の皆さんも、おふたりの仲を引き裂こうとして意地悪で言ってるのではないのですし。おふたりが価値観のちがいで失敗して傷ついてしまわないか、心配なだけなのでしょう。自分と住む世界がちがうと感じるとまず警戒するのは本能的なことです。いきなり受け入れるのは難しいと思います」

長く蒸らすことはなく、片倉さんはミントティーをティーカップに注いだ。ミントの香りが十分に漂ってくる。ふたり分注ぐと、彼はそれらをカウンターに並べた。強そうなお姉さんも弱そうなお兄さんも、同じような表情でその水面を見つめていた。片倉さんの言葉を噛みしめているような、ハーブの芳香にうっとりしているような、そんな表情をしている。

お姉さんが先に口をつけた。続けてお兄さんも、カップを取り唇に当てる。ふわふわ漂う湯気が、私の鼻孔をもくすぐってくる。なんて爽やかで、深みのある香りだろう。

お兄さんがふうと息をつく。

「いい香りですね」

「紅茶の茶葉を入れないでミントだけで淹れる方法もありますが、当店では紅茶も一緒に入れています。ハーブの香りを邪魔しないように主張しすぎない茶葉を選んでいます。それと、ちょっとだけローズマリーも加えました」

片倉さんが穏やかに語った。

「僕はあまり花に明るくないのですが、ハーブを購入するときに花言葉が気になって調べたことがあるんです。ひとつの植物でも花言葉っていっぱいあって、さらには色や数で変わるらしく、全部は覚えられませんでした。でも、気に入った言葉だけはちゃんと覚えましたよ」

彼ののんびりした声を、ミントティーの湯気が包む。

「ミントの花言葉のひとつに、『懸命さと美徳』というのがあるようです。そしてローズマリーには『変わらぬ愛』。ね、おふたりにぴったりだと思いませんか?」

見た目は怖いお姉さんと、野暮ったいお兄さん。でもふたりには、お互いのスタイルを尊重する確かな優しさがあふれている。周りからどう思われてもなにを言われても、お互いを愛することを貫き通す。片倉さんはふたりと特別親しい間柄でもないであろうに、その本質は見破っているようだった。

「ご友人には、この人はこんなに素敵な人なんだぞって少しずつ伝えていってはいかがでしょうか。いきなりは受け入れられなくても、あなた方がそれぞれにこんなに信頼している人が悪い人間なはずがないって、そのうちわかってくれるはずです」

「そうか。そういえば私、こいつがどんな人間なのか、周りにちゃんと話してなかった気がするな」

お姉さんがミントティーを見つめて呟いた。お兄さんも彼女の横顔に返す。

「僕もどこに惚れ込んだのか、きちんと話してなかった。というか……」

それから、ふっと頬を緩めたのが、前髪の隙間から見えた。

「君にも、言葉でちゃんとは伝えてなかったかもしれないね」

「……ここで言うなよ?」

お姉さんがぼっと顔を赤らめた。気の強そうなお姉さんが、純朴な少女のような表情を見せる。私も思わす頬を綻《ほころ》ばせた。このギャップは、かわいい。

「ありがとうマスター。これからはもっとこの子のかわいさを伝えていくことにするよ。ほかの人に盗《と》られない程度に」

お兄さんは冗談めかしてそう言い、席を立ち上がった。お姉さんも無言で椅子から腰をあげる。ヒールが高いあまりにふらついたが、お兄さんがサッと腰を支えた。野暮ったい見た目にそぐわず、よくできた彼氏だ。

ふたりが店を出ていき、店内はいつもの落ち着いた空気に戻った。片倉さんはふふっと満足げに微笑んだ。

「じつはもうひとつ、ミントの花言葉を覚えています」

「へえ、どんなのがあるんですか？」

ストローを口に付けて聞くと、片倉さんはちょっと小声になった。

「『燃えあがる恋』……だそうです」

そう聞いて、私はさらに納得した。

「なるほどね、片倉さんがふたりを見るとミントを連想してしまうというのがよくわかりました」

ちぐはぐなふたりだったが、だからこそ乗り越えてきたものがある。これからもふたりなら乗り越えていけるのだろう。

「見かけどおりの人もいるけど、見かけによらない人もいるんですねえ」

私がぽつんと洩らすと片倉さんは頷いた。

「先程話しました猫の模様だって、目安というか、傾向に過ぎません。育ってきた環境や遺伝、種類もありますし、一概にこういうのがこういう性格だって言い切れるものではありませんよね」

かぶり物の口元に指を添えて、真面目な声で言う。

「最近毎朝、家の近くに黒い猫さんがいるんです。見かけるたびにまばたきの挨拶をしてるんですが、なかなか距離が縮まりません。友好的といわれている黒猫でも、誰でもすぐに撫でさせるわけじゃないんです」

片倉さんの真剣な声色を受けて想像してみる。いい歳をした大人の男性が、黒猫に慎重に近寄ろうとして逃げられる光景……片倉さんには悪いが、ちょっとおもしろい。

「アレルギーなのに、触ろうとしてるんですか？」

「アレルギーであろうと、猫さんを見かけたら仲良くなりたいと思ってしまうものなんです」

片倉さんがため息交じりに笑う。私も微笑んでかぶり物をじっと見上げた。

「仲良くなれるといいですね。私にもいますよ、そういう猫」

「おや。どんな毛色の子ですか？」

興味を示してきた彼に、私は答えた。

「茶トラ白です。毎日のように顔を合わせて挨拶をして話し込んでいるんですが、かぶり物は絶対に外してくれない、微妙に懐かない猫がいます」

「それはそれは。いやな猫ですね」

どうやら、誰のことかわかったみたいだ。片倉さんは私の突き刺す視線をふふふと笑って受け流した。

Episode3・猫男、したためる。

最初に小麦を隠すのに使った物置部屋は、そのまま小麦の部屋にすることにした。ご飯やトイレ、おもちゃなど、小麦のものは基本的にこの部屋に置いておき、慣れてもらうのだ。といっても、閉じ込めているわけではない。ニャー助とはものを置く部屋を分けただけである。小麦は物置部屋を出てあちこちを自由に歩いているし、ニャー助と同じ部屋にいることもある。

世話の手間はかかるようになったが、三日もこうしておくとニャー助は理解したのか小麦のものがある物置部屋には入らなくなった。ニャー助も小麦も無益な争いは無駄だということはわかっているようで、初日のようにわざわざ喧嘩をするようなことは少なくなった。だが時々揉めていることがあり、そうなると小麦は自分の匂いがする物置部屋に隠れるようになった。そこにいれば、ニャー助は入ってこないので安心なのである。

小麦の様子は、だいたい二日に一度くらいは篠崎さんにメールで報告している。今日も部屋でのんびりテレビを観ながら、篠崎さんに小麦が元気だと連絡した。彼はいつも、律儀に返信してくれる。

「小麦はやんちゃだから、もし暴れたりしたらごめん。悪いことするようならちゃんと叱ってくれていいからね」

　篠崎さんは片倉さんの言うとおりノリが軽いのだが、連絡を取り合っているうちに思ったよりも気遣いのできる人だということがわかってきた。小麦が私に迷惑をかけていないか、こうして心配してくれるのだ。私はそんな彼の人柄に心を開きはじめていた。

「叱るときは遠慮なく叱りますね」

　返信してから、私はふと、気がついたことがあったのを思い出し、続けて聞いた。

「篠崎さん、小麦は爪とぎはあんまり使わない子なんですか？」

　じつは今日、小麦が部屋の壁で爪をとごうとしていたのを発見し慌てて止めたのだ。壁には少し爪が刺さっただけで壁紙がボロボロになるほどの被害にはならなかったのだが、少し発見が遅れていたら大変なことになっていた。

　しかしながら、篠崎さんから預かった小麦グッズの中には立派な四角い爪とぎがある。使用感もあり、小麦はその爪とぎで爪をといでいたはずなのだ。だというのに、それを設置しても使わないで、壁でとごうとしたのだ。

「え？　ちゃんと爪とぎを使うぞ？」

　篠崎さんから返信がきた。あれ、と私は首を傾げた。

「壁でやりたくなっちゃうことはないんですか？」

「俺が見てきた限り、そんなことはしないよ。ていうか、したのか？　壁紙を破いた？」

　篠崎さんのメッセージの文面から焦りが伝わってきたので、私は急いで返信した。

「大丈夫です、未遂に終わりました。でもなんでだろう、ちゃんと爪とぎ置いたのに。場所が悪いのかな」

「なんだろ。どこに置いてる？」

篠崎さんに問われ、私は部屋の隅に寝かせた爪とぎに目をやった。

「リビングの隅っこの床です。ご飯入れがある場所から一メートルくらい離れた場所に、ニャー助のと並べて寝かせてあります」

「寝かせてる？　たぶんそれだ」

急にピンと来たようで、篠崎さんが鋭く反応した。

「小麦は爪とぎを立てて使う派なんだよ。立って爪をとぎたい子だから、壁でやろうとしたのかも」

「そうだったんですか⁉」

その可能性に思い至らなかった私は、目から鱗《うろこ》で爪とぎに駆け寄った。ニャー助は、寝かせた爪とぎに乗って爪をとぐ。気分で向きを変える子もいるなどの知識もあったのに、ニャー助は断固横置き派なので、立てかけて使う子もいることをすっかり忘れていた。

「爪とぎは爪をとぐのはもちろん、ストレッチの目的もあるんだってさ」

小麦の爪とぎを壁に立てかけようとした私の手元で、携帯が鳴る。

「だから体の大きさやくせで爪とぎの縦横の好みが分かれたり、使いやすいサイズが猫によってちがうんだって」

篠崎さんの文章を見て、私は小麦に謝った。

「そうなんだ。ごめんね小麦、こうだったのね」

爪とぎを壁に立てて固定する。そういえば、爪とぎの素材にもいろんな種類がある。段ボールみたいな固い紙の素材もあれば、布でできたものもある。形もシンプルな直方体の箱型、円柱、先っぽにおもちゃがついたものまでさまざまだ。どれが合うかは猫次第。猫の個々の好み、気分。成長してちょうどいい大きさが変わることもある。

「ところで、ニャー助は小麦のこといやがってない？」

篠崎さんはニャー助のことも気にかけてくれている。

「上下関係ができあがってきたので、先輩風吹かせてますよ。子分ができたと思ってるみたいです」

片倉さんに言われたとおりにしたお陰なのか、小麦はだいぶ立場を理解できるようになってきた。ニャー助が先輩であり、そのニャー助が擦り寄る私がボスだと認識したようである。ニャー助も一度負けたくせに自信を取り戻したらしく、堂々としている。

「ニャー助の方が体が大きいですし、私が見てないところでまた喧嘩して勝ったのかもしれないです」

と、返信しようとしたそのときだった。

フギャーッという断末魔が耳を劈《つんざ》く。声の方を向くと、チェストの上で二匹が揉めていた。上下関係ができてきたとはいえ、鈍くさくて隙の多いニャー助に対して感情豊かでやんちゃな小麦は下剋上《げこくじょう》を狙っているのかもしれない。

「こ、こら。やめなさい」

怪我をさせるわけにはいかないので、慌てて仲裁に入る。今にもパンチが飛び出しそうなニャー助に手を伸ばし、脇腹を抱いて回収しようとした。が、ニャー助は気が立っていて私に対してもカーッと牙を見せ、挙句捕まえようとした手にバリッと爪を立てたのだ。

「痛い！」

思わず大声で叫ぶ。瞬間、ニャー助は我に返ったのか、まずそうな顔をして固まった。一方、小麦は怒られる前に逃げた。私の右手の甲に、一本の筋状の傷ができる。

ニャー助もチェストから降りて、キャットタワーのいちばん上に逃げ込んだ。高い場所から顔を覗かせてこちらを見ている。私はやるせない気持ちを持て余し、傷を水道水で洗った。

「なんということ……」

翌日の夕方、『猫の木』で会った片倉さんは傷を見て震えた。

「僕が小麦さんを預かっていれば、こんな傷ができることはなかったのに。僕がアレルギーなばかりに」

「そんなに責任感じないでくださいよ。ニャー助は一匹のときでも私を引っ掻きますよ。アレルギーがなければニャー助を引き取ってたのも片倉さんだったかもしれませんが、引っ掻かれたからといってニャー助を飼ったことを後悔してるわけでもありませんし」

傷はすぐに血が止まり、痛いのも引っ掻かれた一瞬だけである。ただ、かさぶたになると痒い。片倉さんはくたっと猫頭を下に向けた。

「小麦さんをちょっとの間だけでも預かれたらよかった。ペットホテルに空きができるまでの間だけでも預かることができれば」

「無理ですよ。片倉さん、半径一メートル以内に猫がいるだけでムズムズするじゃないですか。家に猫がいるってことはあちこちに猫の毛が付いてアレルギー物質が充満するってことなんですよ。死んじゃいますよ」

片倉さんの体調次第では、猫の飼い主が近くにいるだけでもアレルギー症状を起こすことがあるほどだ。ちょっと触るだけでも困難な彼に、残念ながら猫との共同生活は叶わない。

「ふむ、僕は一生猫と暮らせないんでしょうか」

片倉さんが寂しそうに呟く。あまりに不憫なぼやきに、私はうっと声を詰まらせた。どう慰めようか考えているうちに、片倉さんはよし、と顔をあげた。

「決めた。アレルギー治します」

「えっ!?」

目を見張る私に、片倉さんは楽しげに続けた。

「アレルギーが治ったら、僕が小麦さんを預かりますよ。それまでマタタビさんにお願いして、途中からバトンタッチしましょう」

「片倉さん、現在の医学ではアレルギーは完治できないんですよ！」

治す方法があるのなら、片倉さんはとっくに治していたはずだ。彼は猫頭のヒゲを指でいじり、宙を見上げた。

「では僕が治せば世界で最初に猫アレルギーを治した人物になれますね……というのは冗談として。いずれにせよ、このまま一生猫と触れあえないのは勘弁です」

「それはわかります」

「とにかく猫と触れあっていたら、そのうち治りませんかね。痒いのも苦しいのも、猫のかわいさで上塗りするんです」

まさかの荒業《あらわざ》である。私はアホな猫頭をキッと睨んだ。

「片倉さん、猫アレルギーで呼吸困難になって死んじゃうこともあるんですよ！」

「やっぱだめですか？　アレルゲンに免疫《めんえき》ができて、平気になるって聞いたんですが」

「気持ちはわかるけど、だめです！」

実際の片倉さんのアレルギーレベルはわからないけど、本当に死んでしまうほど酷い人もいるので、無理は禁物だ。とはいえ、片倉さんの場合は酷いといってもくしゃみや目の痒みが出るものの、しばらくしたら落ち着くくらいである。よくなる可能性もあるかもしれない。

「完治しなかったとしても、せめて症状を弱める方法がないか真剣に調べてみます」

無茶だと思う反面、私は片倉さんを応援したくなっていた。小麦を預かっている一か月ちょっとの期間ではよくならないと思うが、これからの人生において片倉さんが少しでも猫との触れあいに苦しまなくなればと思う。

「わかりました！　私もできることがあれば協力します」

「心強いです、マタタビさん」

片倉さんは決意を固め、私は彼をフォローしようと決めた。片倉さんが、そうだ、と思い出したように指を立てた。

「ひとまず、猫さんが喧嘩を始めたら大きな音を立てるといいですよ。音に気を取られて、喧嘩していたことを忘れてくれるようです」

「なるほど！　これからはそうしますね」

身を挺《てい》して止めに行くと巻き添えを食らう。猫たちの怒りが収まるのなら、気を逸らすのが賢明だ。

私はメニューに目線を落とした。なにを頼もうか考えていて、ふと端っこに書き加えられた言葉に気づく。

「あれ、新しいメニューが増えてる」

『猫さんクッキー盛り合わせ』なるニューフェイスが加わっているではないか。

「それですね、先日お見えになったお客様が、バレンタインデーに焼いたクッキーをまた食べたいと言ってくださったんです。ですので、フレーバーを増やしてメニューに加えてみました。お持ち帰りもできますよ」

片倉さんの説明を受けて、一昨年のバレンタインを思い出した。片倉さんはバレンタインになにももらえないもてない男子高校生にせがまれて、猫型のココアクッキーを焼いたのである。たくさん焼いて来店客にサービスで振る舞っていた。たしかに、あれはバレンタイン限定にしておくにはもったいない味だった。

「じゃあ今日はこれを頼もうかな。あと、ミルク多めのミルクコーヒーで」

「かしこまりました。クッキー、一日に焼ける数が決まってるのでこれが最後でしたよ」

片倉さんはなんだか嬉しそうに言って、両手に収まるほどのバスケットに詰まったクッキーを持ってきた。丸い形に三角の耳が生えた猫型に抜かれて、ひとつひとつ丁寧に包装されていた。バレンタインにも配られたココアをはじめ、バター、苺、ココナッツ、抹茶と、色とりどりのクッキーが全部で十枚も詰まっている。

「かわいい。おいしそうですね」

「自信作ですよ。とくに苺味は、果鈴《かりん》が絶賛しています」

「果鈴ちゃんのおすすめ！　それは期待しちゃいますね」

果鈴ちゃんというのは、片倉さんの姪っ子だ。小学四年生の元気な子で、時々片倉さんのお店に遊びに来ている。ちょっとおませさんで生意気なところもあるが、根は優しい、私のかわいい友達である。新商品開発に勤しむ片倉さんに付き添い、クッキーを試食するという、なんともおいしい立ち位置にいたようだ。

「果鈴もクッキーの簡単な作り方を覚えたようでした。おいしくて子供でも作れるんだから、クッキーは優秀ですよね」

片倉さんがミルクコーヒーを差し出す。ホットのミルクコーヒーがほかほかと甘い匂いの湯気を立ち昇らせた。私は果鈴ちゃんの成長を感慨深く噛みしめた。私が初めて会ったのは一昨年の十月だ。

「果鈴ちゃんもお菓子作りを覚えるくらいお姉さんになったんですねえ」

「ふふふ、まだまだ子供ですよ。宿題がわからなくて、悔しくて泣いてしまうほどです」

「かわいいですね。マタタビさんが教えてあげるよって言っておいてください」

私は果鈴ちゃんのおすすめという苺のクッキーの袋を開けた。ピンクの猫のクッキーはほんのり甘い匂いを漂わせている。口に入れると、舌でほろっと崩れてしまうほど優しい軽さのクッキーだった。

私が初めてクッキーを焼いたのは何歳の頃だっただろう。たしか、高校生の頃に彼氏の誕生日に合わせて焼いた気がする。ところが見事に焦がしてしまって、人にあげられるような代物ではなくなってしまった。それとは関係なく、私が彼への態度をいい加減にしていたせいで友人と浮気され、別れてしまった。

私が恋愛に苦手意識を持っているのは、そのせいである。自分に恋愛は向いていないとわかり、それからはもう恋愛なんてやめようと思ったのだ。私のことを好きだと言ってくれた人が、私のいい加減な付き合い方のせいで気持ちを冷ましてしまった。私自身も、裏切られた気持ちになって酷く傷ついた。そんなかっこわるい過去がある。

当時のこととは決別したつもりではあるが、また相手を傷つけてしまうのではないか、自分が傷つくのではないかといまだに逃げ腰になる。手の甲にできたニャー助の引っ掻き傷と同じで、痛くはないけれど、痕《あと》が残っているのである。

苺クッキーをかじっていると、ドアベルが鳴って、お客さんが飛び込んできた。

「マスター！　新作のクッキーが出たって本当⁉」

十代後半くらいの若い女の子だった。お団子ヘアにした黒髪に日焼けした肌、ショートパンツから伸びるやや筋肉質な脚。高校生か大学生くらいと思しき、快活そうな女の子である。

「テイクアウトもできるって、友達から聞いた。緊急でほしいの！」

小走りで駆け寄ってきて、カウンターに両手をつく。身を乗り出して片倉さんに叫んだ。

片倉さんは落ち着いて答えた。

「申し訳ございません、クッキーは数量限定なんです。今日の分は、もう売り切れてしまいました」

私はクッキーを口に運んでいた手を止めた。その今日の分の最後を、私が注文してしまったのだ。女の子はまっ青になって悲鳴をあげた。

「ええー！　どうしよう。作るって言っちゃったのに！」

「えっ、なんかごめんね⁉　私が買ったの、まだ苺しか開けてないからよかったらあげるよ」

焦る女の子に申し訳なくて、私は自分のクッキーのバスケットを彼女に差し出した。女の子はあわあわと私に顔を向けた。

「本当⁉　ありがとうお姉さん」

クッキーの受け渡しが完了しそうになったところで、片倉さんが待ったをかけた。

「すみません、聞きまちがいでなければ、今『作ると言ってしまった』とおっしゃいませんでした？」

片倉さんの確認を聞いて、私もハッとなった。緊急事態らしき彼女に流されて私も一緒に慌ててしまったが、たしかに、この子は「作る」と言った。作ると言ったのに、なぜお店で買うのか。いまさら違和感を感じた。

「作る、つもり……だった」

女の子も、急に声のトーンを落とした。

「なにか事情がありそうですね」

片倉さんが探ると、女の子はおずおずと下を向いた。

「じ……じつは、見栄を張って嘘をついちゃったの」

彼女は弱々しくカウンター席に腰を下ろした。

「私、ガサツでうるさくて、男友達から女と思われてないとこがあるんだ。料理とか下手そうって言われて、悔しくて……『絶対おいしいお菓子作ってくるから見てろ』なんて宣言しちゃったの」

それから女の子は視線を泳がせてブツブツと小声で言った。

「案の定、失敗した。お料理なんてしたことないもん。でもどうしても作ったと思わせたくて、マスターのクッキーを持っていって作ったことにしようとしたの」

「危なかったですね、マタタビさん。彼女の不正の幇助《ほうじょ》をなさるところでしたよ」

片倉さんが少し低い声を発した。私は女の子に差し出していたクッキーを引っ込めた。

「悪いけど、そういう事情ならこのクッキーは譲らないよ。作ると言ったんなら本当に作らないと、かっこわるいと思う。最近は材料三つくらいで手軽に作れるクッキーレシピだってあるんだから、もう一度挑戦してみたらいいじゃない」

「ちがうの、焦がしたとか、おいしくなかったとかじゃなくて。焼くことはできたしクッキーにはなった。でも、あれじゃだめなの！」

女の子はまた甲高い大声をあげた。

「あの人は、『猫の木』のクッキーが食べたいって言ったから！」

そう言った女の子の目は、少し涙ぐんでいた。

「私がクッキー作ると宣言した男友達は、バレンタインにマスターにクッキーを焼いてほしいって頼んだことがあるんだって。それがおいしかったって、そんなクオリティのクッキーを焼いてくれるような女の子と付き合いたいって言ってた。だから、私が焼いたように見せかけたかったの」

ん？　と私は首を捻った。片倉さんにクッキーを焼いてくれとねだったのは、たしかあまり女性からもてなさそうな冴えない男子高校生三人組だった。というか、現に片倉さんからしかバレンタインのプレゼントをもらえなかったと嘆いていたから、〝もてなさそう〟ではなく〝もてない〟のだろう。しかし、そのうちのひとりが、今回の当事者ということになる。

「私も、あの日ここでマスターにクッキーもらったから、味は知ってる。だから見よう見真似でクッキーを焼いてみた。でも私が作ったのは、平凡な味で……こんなんじゃ笑われちゃうと思った。でも、どうやったらマスターのクッキーの味に近づけるのか、全然わからなかった」

女の子の声は震えて、泣きそうになっていた。

「やっぱり、女らしくないって思われちゃうの？」

しょんぼりと下を向く女の子を横目に、私は片倉さんに小声で言った。

「片倉さんのせいでハードルあがっちゃったってことですよ」

「……仕方ないですね」

片倉さんは猫頭の中でため息をついた。

「僕にも責任があったようなので、今回は特別に、このクッキーのレシピを書いて差しあげます。できるだけ詳細に書きますので、再現してくださいね」

片倉さんは電話機の横に置いてあったメモ帳とペンを取り、さらさらと書き込みはじめた。

「協力しますけど、よくは思っていませんからね。まず僕は、〝女性らしさ〟という言葉があまり好きではありません」

ペンを走らせながら、片倉さんは文句を垂れ流した。

「女性は料理ができて当然とか、男を立てて当然とか、そういう考えはもう古い時代のものだと思うんです。〝らしさ〟という言葉は、曖昧なくせに押しつけがましいと思いませんか？」

ササッとレシピを書きあげて、片倉さんはメモ帳から一枚ピリッと切り離した。

「はい、書けました。ただし、同じレシピでもちがう人が作ると別の味になってしまうものです。逆に言えば、あなたが作るクッキーはあなたにしか作れない」

メモを渡された女の子は、受け取る手を伸ばし、止めた。片倉さんの差し出すメモを見つめ、しばし沈黙する。片倉さんはメモを差し出したまま、彼女が受け取るのを待っていた。

「……マスター、こんなに手間がかかるの、私には作れないよ……」

女の子が掠《かす》れた声で弱音を吐く。そのメモは私の位置からでは見えないが、普通の製造工程ではないことが想像できる。

片倉さんはふふふっと笑って、優しい声で言った。

「作りたい相手のためにこんなにがむしゃらになれるのは、すばらしいことですよ。ただちょっと、ズルをしようとしてしまいましたね」

メモを見つめる女の子の目がじわっと潤む。片倉さんは穏やかに諭した。

「どうせ〝らしさ〟にこだわるのなら、あなたらしさで勝負してください。僕が焼いたクッキーでは、あなたの気持ちは伝わりませんよ」

片倉さんの柔らかな声で、彼女は我に返ったように瞳をきらっとさせた。ようやく重要なことに気づいたらしい。彼女はしばし躊躇して、片倉さんの手指からメモを受け取った。

「一部だけ参考にさせてもらうね。近づこうとした努力は、認めてもらいたいから」

「応援しています。また後日、彼と一緒にクッキーを召し上がりにいらしてくださいね」

片倉さんに見送られ、女の子は足早にお店を出ていった。彼女が閉めた扉の上で、ドアベルがカラカラと静かに揺れていた。

「片倉さんにバレンタインのクッキーをねだったのって、たしかあんまり女の子と縁がなさそうな少年たちでしたよね」

私はミルクコーヒーを啜りつつ苦笑した。あの子たちの中の誰かなら、味云々《うんぬん》よりも、先程の女の子からクッキーをもらえるだけで狂喜しそうだ。片倉さんはかぶり物の中でふむ、と唸った。

「もてないなどと言っていた彼らですが、特定の方からあれほど想われていれば、もてるよりずっと誇らしいことですよね」

「あんないい女を夢中にさせるなんて、憎い男だわ。残りのふたりとの友情が壊れないといいけど」

三人いたのを思うとそれが引っかかって少し笑えてきた。まあ、あの仲の良さそうな三人組なら、誰かに彼女ができても文句を言いながら祝福しそうである。

「それにしてもこのクッキー、やっぱり素人に真似できるものじゃないんですね」

苺のクッキーをひと口かじって言うと、片倉さんは右手でペンをくるくる回した。

「長いこと、この店で料理をしてますからね。しかし逆に、僕には彼女の作るクッキーを再現できない。あんなに意地になって、プライドを捨ててまで認めてほしい、そんな気持ちの強さは真似できるものではありません」

「そっかあ……。私も焦げたクッキー、あの人に持っていってあげたらよかったかな」

自分の懐かしい恋を思い出して呟いたら、片倉さんは楽しげに笑った。

「マタタビさんには、焦がさないように作ってほしいものがあります」

一瞬、どきっとしてしまった。片倉さんから私に作ってほしいなんて言い出したのは初めてである。

「な、なにをお作りすれば……」

味噌汁を作ってくださいみたいな、そんなニュアンスを勝手に感じてどきどきしていたら、片倉さんはあっさりと言ってのけた。

「猫さん用のクッキーです！　少ない材料で簡単に作れるんですよ！」

時々、片倉さんからはこういう肩透かしを食らう。「付き合ってください。猫と遊ぶのに」とか、一瞬どきっとさせて猫の話という巧妙なテクニックを天然でかましてくることがあるのだ。

片倉さんは再びメモ用紙にペンを当て、カリカリとレシピを書きはじめた。

「ニャー助と小麦さんが一緒にいるときに、これを与えてほしいんです。一緒にいるとおいしいものをもらえると覚えれば、お互いにいい印象を持つようになるはず」

片倉さんは上機嫌でペンを走らせ、私に差し出したのだった。


薄力粉と卵、オリーブオイルと鰹節。必要な材料は、全部家に揃っていた。家に帰って、私は片倉さんからもらったレシピを見て作業を始めた。鰹節の袋の音がしただけでニャー助と小麦が駆け寄ってきた。少しだけ与えて作業に戻る。

薄力粉をボウルに入れて、溶き卵とオリーブオイルと鰹節を加える。生地ができたら、猫の口の大きさに合わせて丸めて、オーブンで焼く。これだけだ。せっかくなので、私はこれに猫用の煮干しをトッピングして焼いた。

オーブンから出したクッキーは焦げてはいなかった。冷ましてから、二個だけ手に取って残りは戸棚にしまっておく。

「ニャー助、小麦。おいで」

呼ぶと、鰹節をもらっていったん満足していた二匹が戻ってきた。近距離で並んだところで、左右の手にひとつずつ乗せたクッキーをそれぞれに差し出す。二匹はふんふんとクッキーを嗅ぎ、やがて小麦が先にパクッと食いついた。小麦がカリカリとおいしそうに食べているのを見て、ニャー助も続く。二匹ともクッキーの砕ける小気味のいい音を立てて味わい、飲み込むともっと出せと催促してきた。

「やった！　食べてくれた」

二匹のうなじをスリスリと撫でて、私は携帯を手に取った。さっそく片倉さんに伝えよう。が、明日もきっとお店で会うからお礼は直接言おうと思い直した。画面には篠崎さんからのメッセージのポップアップが表示されていた。

「小麦はどう？」

そうだ、日常報告。私はこの興奮をメッセージにしてぶつけた。

「小麦が私の作った猫用クッキーを食べてくれました！」

すぐに返ってきた。篠崎さんの返信は速い。

「マタタビちゃんが作ったの？　すごいね」

「片倉さんに教えてもらったんです。簡単に作れるんですよ」

「俺でもできるかなー？　帰ったら作り方教えて」

篠崎さんの軽やかな文章は、読んでいてなんだかわくわくしてくる。気がつくと自然とニヤニヤしてしまうような、そんな楽しさがある。

「マタタビちゃんは、日頃から料理するの？」

篠崎さんが聞いてきた。私は布団に寝転がって返事を打った。

「あまり得意ではないんですが、ひとり暮らしが長いので多少は自炊しますよ」

「俺はコンビニばっかだよ。釣りのあとに魚捌《さば》いたりはするんだけどね。ここ二か月は捌いた魚を片倉に調理してもらってた」

そういえば篠崎さんは片倉さんとは釣り友達なのだった。

「釣ったばかりの新鮮なお魚を片倉さんに調理してもらうんですか。羨ましいです」

喫茶店のマスターなのに、板前みたいなこともしているらしい片倉さんにちょっと笑いが込みあげる。

「今度ご一緒させてください。かぶり物外してるとこ、見たいですし」

そう打ってから、ふと思い立ってさらに文を付け加えた。

「そういえば、篠崎さんは片倉さんの素顔の写真持ってますか？」

この人のノリなら一緒に記念撮影していそうである。ちょっと期待したのだが、篠崎さんの返信は。

「あるけど見せない。だって片倉が自分で外したところを、肉眼で見た方が嬉しいでしょ？」

私はこの返事に、思わずふふっと笑った。この人は、こういう人だ。片倉さんが見ていないところで勝手に裏切ったりしない。そういうところが、片倉さんに信頼される所以《ゆえん》なのだろう。

私、この人のこういうところが好きだ。片倉さんの写真を見せてもらえなかったのは残念なはずなのに、むしろちょっと嬉しい返答だった。

Episode4・猫男、諭される。

「わあああー！　ゆず兄のばかあああ！」

　とある平凡な土曜日の昼のことである。お昼ご飯を食べに来た私が『喫茶 猫の木』の扉を開けると、すぐにその悲鳴が耳に飛び込んできた。

「果鈴のカステラ食べちゃった！　なんで食べちゃったのー⁉」

「お……おいしそうだったから、つい」

「酷いよ！　楽しみにしてたのに！」

　お店の中で小さなトラブルが起こっているようである。片倉さんと、その姪っ子、果鈴ちゃんがカウンターの向こうで揉めているのだ。幸いお客さんは誰もいないようだが、喚く果鈴ちゃんに片倉さんは狼狽《ろうばい》していた。

「ごめん、事務室に置いてあったから僕にくれたのかと思って」

「あげるなんて言ってないじゃん！」

「どうしたんですか、片倉さん。果鈴ちゃんも」

　私は仲裁に入ろうとカウンターに駆け寄った。片倉さんが戸惑いながら振り向く。

「いらっしゃいませ、マタタビさん。ちょっと、果鈴を怒らせてしまいまして。お見苦しいところをお見せしてすみません」

「なんとなく話は掴めたんですが、片倉さんが果鈴ちゃんのおやつを食べちゃったんですね？」

「そのとおりです、言い訳のしようがありません」

小学生からめちゃくちゃ怒られているし、怒られている理由も情けない。しかも猫のかぶり物だから、果鈴ちゃんがこんなに怒っているのに見ている方は笑いが噴きだしそうになる。

「どう考えても片倉さんが悪いけど、ちゃんと謝ってるでしょ。果鈴ちゃんも許してあげようね」

カウンターの向こうから顔だけ見える果鈴ちゃんに語りかけると、彼女はこちらを向いて反論してきた。

「ただのおやつじゃなかったんだよ。お隣のおじちゃんからお土産でもらった、長崎の有名なお店のカステラだったの。お昼のあとのおやつに食べようと思って持ってきてたのに、ゆず兄が……！」

なるほど、ただのおやつを横取りされたから怒っているのではなく、貴重なカステラを横取りされたから怒っている、と。果鈴ちゃんは再び片倉さんに噛みついた。

「ゆず兄責任とってよ。長崎に連れてって！」

「買いに行くの？　長崎に？　カステラを取り寄せるんじゃだめなの？」

片倉さんが交渉に出ようとするが、果鈴ちゃんは譲らない。

「果鈴、おじちゃんから長崎旅行のお話聞いて、行きたいなって思ってたから！　当然でしょ、果鈴の今日いちばんの楽しみを奪ったんだから」

「うーん……そうはいっても長崎はずっと遠いんだよ。そんなにサクッと行けるところじゃないんだ」

静岡から長崎に行こうとすると、飛行機や新幹線を利用しても六時間くらいかかる。旅行するのなら、それなりに計画を立てて準備を整える必要がある。

「行くとしたら、ちゃんと果鈴のお母さんとお父さんに相談してからにしよう。それで、行ってもいいと言われたらちょっとずつ計画を立てようか」

片倉さんが慎重に条件を出す。果鈴ちゃんは少しおとなしくなった。

「行けるとしたら、いつ頃のつもり？」

「えーっと……その……来年か再来年の夏休み、かな」

片倉さんが声を小さくする。果鈴ちゃんは再び燃えあがった。

「そんなに先なの⁉　ゆず兄のね、そういうとこよくないと思うよ！　そうやって慎重な振りしてどんどん先延ばしにする。そうやって曖昧にして、なんでもごまかしてきたんでしょ！」

再燃したお説教タイムに、片倉さんは肩を竦めた。果鈴ちゃんが捲《まく》し立てる。

「のんびり機会を待ってるうちに大事なチャンスを逃して、諦める！　旅行の計画を先延ばしにして、そのうち果鈴もゆず兄も忘れちゃって、結局行かない気がする！」

「ごめんって。ちゃんと約束守るから許して。旅行はひとまず相談してみよう、ね」

「じゃあさっそくお母さんに言ってくる。ゆず兄にカステラ食べられちゃったことも、全部告げ口しちゃうから！」

果鈴ちゃんは片倉さんのお腹にポカッとパンチを入れてから、店の裏口から飛び出していった。

「こら、走っちゃだめ。車に気を付けて」

片倉さんが裏口に向かってのんびり注意した。彼は私の方に戻ってきて、深いため息をついた。

「ふむ、高いカステラ代になってしまいました……。失礼しました、マタタビさん。お騒がせしました」

「いえ、いいんです。おもしろかったです」

困っている片倉さんはめったに見られるものではない。ニヤニヤする私に苦笑して、片倉さんはまたため息をついた。

「先延ばしにして曖昧にして、ごまかしてばかり……か。痛いとこ突いてくるなあ」

「曖昧にしてきたんですか？」

「はっきりさせない方が楽なこともあるじゃないですか」

片倉さんは開き直るように事なかれ主義を主張してきた。気持ちはわかる。

壁掛け時計を見ると正午を少し過ぎた頃だった。メニューから今日のお昼ご飯を選びつつ、片倉さんに投げかけた。

「どうするんですか、果鈴ちゃんのこと。場所が場所ですからそんなにすぐには準備できないですよね」

「そうですね。姉が許可するかどうかもわかりません。計画はあとで立てるとして、とりあえず納得してもらう応急処置を考えなくては」

片倉さんのお姉さんというのは、果鈴ちゃんのお母さんのことである。応急処置、と聞いて私はしばし宙を見つめた。

「カステラ、作ってあげたらどうですか？　シンプルに弁償する形で」

提案してみるも、片倉さんは難しそうに腕を組んでいた。

「しかし……本場長崎のカステラには敵いません」

「でも片倉さん、この前来たクッキーの女の子に言ってたじゃないですか。その人の味はその人にしか出せなくて、誰かの真似じゃ気持ちは伝わらないって」

先日、片倉さん本人が言っていたことだ。片倉さんはまだ首を捻っていた。

「ふむ……ですがそれは、あの子の手作りであることに意味があるから、そう申し上げたんです」

「果鈴ちゃんだってわかってくれますよ。本場のカステラを超えられなくても、『ごめんね』って気持ちさえ伝わればいいじゃないですか」

「そうでしょうか……」

片倉さんが自信なさげに猫頭を傾ける。この人は、お客さんを元気づけるのはうまいのに、自分のこととなると同じようには解決できない。見た目が異形《いぎょう》の者っぽいのに、こういうところは人間臭い。

「いったん片倉さんのお手製カステラで機嫌を直してもらって、長崎に連れていくのがなり先になってしまうのを納得してもらうんです」

私は重ねて提案してみた。片倉さんが背筋を伸ばす。

「それもそうですね。謝りたい気持ちはちゃんとあります。マタタビさんのお言葉で整理がつきました。その案を採用させていただきます」

「やった！　カステラできたら、私にも食べさせてくださいね！」

おいしいものができそうな予感ににんまりする。私はもう一度、メニューに目を向けた。

「さてと、今日のお昼はパスタにしようかな。カルボナーラをお願いします」

「承知しました」

片倉さんが作業に取りかかった。この喫茶店は、マスターが凝り性なお陰で軽食のレベルが高い。メニューの種類も豊富で、旬の食材が入るとさらにメニューが増える。カルボナーラはこのお店の定番且《か》つ人気メニューのひとつで、私も大のお気に入りなのだ。

カルボナーラを待っている間に、カランとドアベルが控えめな音を立てた。片倉さんが反応する。

「いらっしゃいませ。……おや、今日はおひとりなんですね」

片倉さんのかぶり物の目線を追って、私も扉の方を見た。どこか見覚えのある青年が入ってきている。見覚えはある気がするのだが、あまりにシンプルな顔なので印象が薄い。誰だったかなと考えていたが、片倉さんの方から漂ってくるカルボナーラのチーズの匂いでハッとなった。

「プロポーズ大作戦夫婦の旦那さんだ！」

思い出した。以前この店にやってきて、お店でプロポーズを決行しようとしたお客さんである。カルボナーラを注文して恋人の誕生日を祝い、途中で片倉さんを呼んで指輪を持ってきてもらう……という作戦を立てるも、彼女をかんちがいさせるような行動で失敗してしまったちょっと鈍くさいお兄さんだ。プロポーズはそのあと改めて行われ、ハッピーエンドとなった。

「お久しぶりです、マタタビさん。その節は大変お世話になりました」

地味な顔をした男性客はぺこりと頭を下げた。いつの間にかこの人も私のことを『マタタビさん』と呼んでいる。おそらく片倉さんか果鈴ちゃんが広めているのだろう。

彼は私の隣の席に腰を下ろし、メニューを見ずに注文した。

「カルボナーラを」

「かしこまりました」

この男性客とその奥さんも、ここのカルボナーラのファンである。

「マスター、いつも相談ばかりで悪いんだけど……じつは今、大ピンチなんだ」

男性客が神妙な顔で切り出した。片倉さんが手を止めて顔だけ彼に向けた。男性客がおずおずと話しだす。

「俺……嫁さんにとんでもない嘘をついてた」

「なんと。いったいどのような」

片倉さんが落ち着いた口調で問う。私も横で真顔になった。彼は言いにくそうに苦い顔をした。

「俺の実家には、ばあちゃんの代から受け継がれているネックレスがあるんだ。ばあちゃんが結婚したときにじいちゃんにもらったもので、銀色の石がたくさん埋め込まれてる」

銀色の石というと、ダイヤモンドだろうか。男性客は身振り手振りを交えて落ち着きなく話した。

「ばあちゃんの息子である親父に、ばあちゃんが『この人だと思う人に出会ったら、これを相手に渡しなさい』って託《たく》したんだ。で、親父はお袋に渡した。今度は俺がそれをお袋からもらって、嫁さんに渡した」

「へえ、素敵な家族ですね」

私は思わず感嘆した。一生愛そうと決めた人に渡す、誓いのネックレスというわけだ。代々受け継がれる生真面目な家系と深い愛を感じる。

「それ自体はいいんだ。そうやって受け継がれてるダイヤモンドのネックレスをあげると言ったとき、嫁さんはロマンチックだって喜んでくれたよ。渡してからも大事に飾って、特別な日に着けてくれてる。でも」

表情がさらに曇った。

「じつはそのネックレスの石、本物のダイヤじゃなかったらしくて……」

その発言に、私は一瞬固まった。ダイヤのネックレスだと奥さんに言ってしまったが、本当はダイヤではなかった、と。男性客は慌てて弁解した。

「騙すつもりはなかったんだ。俺は子供の頃からお袋が持ってるの見てて、ダイヤだと思い込んでた。ついこの間お袋と話してて、じつは違ったってことが判明したんだ」

彼は肩を竦めて小さくなった。

「嫁さんにはまだ言えてない。ここ一週間くらい、ずっと言うべきか黙ってるべきかで悩んでる。ダイヤじゃないって知ったらガッカリするよな」

私は彼の話を聞き、自分に置き換えて考えた。

「私なら、早く話してほしいかな。本物のダイヤじゃなかったらいらないって意味じゃないですよ。逆に本物じゃないんなら、もっといろんなところで着けられるようになると思う。なくしてもいいという意味でもないですよ。うまく言えないけど、本物のダイヤだと日常的には着けづらいこともあるじゃないですか」

自分でもフォローになっているのかなっていないのかわからない下手くそな意見を呈する。男性客は沈んだ顔のままだった。

「貴重なものをもらって、それで俺と一緒に生きていこうと思ってくれたんだとしたら。

あれが本物じゃないって知った瞬間、俺の誓いまで嘘になっちゃうんじゃないかって」

「でも、知ってるのに言わなかったら、ばれたときすごく気まずいですよ。早めに言った方がいいです」

「どう切り出せば……」

「うーん……」

返す言葉を考えていると、片倉さんがお盆にカルボナーラを乗せて持ってきた。

「お待たせしました。カルボナーラパスタです」

ほかほかと湯気を立ち昇らせる黄色いパスタ。細麺に絡まる柔らかな黄色のソースには、たっぷりの旬のキノコと厚切りのベーコン。チーズの香りがふんわり鼻孔をくすぐって、うっとりしてしまう。

私の前と男性客の前、それぞれにパスタを置き、片倉さんは言った。

「ちょうどカルボナーラを作っていて思い出したのですが、本場イタリアのカルボナーラと日本のカルボナーラは全然ちがうそうですよ」

「え！　そうなんですか？」

フォークを片手に、私は片倉さんを見上げた。

「はい。本場のものは使っているチーズがちがうし、生クリームを使わない。麺もスパゲティではないリガトーニというパスタが主流。お肉もパンチェッタだけでなく豚の頬肉を使うこともあるそうです。こうなると、味も見た目も別のものです」

片倉さんの豆知識を聞き、男性客はフォークに麺を絡ませて目をぱちぱちさせた。

「へえ！　じゃあなんで日本ではこういうのをカルボナーラというんですか？」

「カルボナーラが世界中に広がる途中で、アメリカでアメリカ向けにアレンジされました。このカルボナーラに少し近づいて、卵が固まりにくくするためにクリームが使われるようになります。それがまた日本に伝わって、だんだんと日本人好みの味に変わって、結果的に本場とはちがうものになったようです」

片倉さんが楽しそうに話すのを、男性客は相談を忘れて聞き入っていた。

「そうなんだ。でも俺、日本のカルボナーラおいしいと思う。本場のも食べてみたいけどね、マスターのカルボナーラはやっぱり好きだよ」

「嬉しいです、あなたがそうおっしゃってくれて」

片倉さんは男性客と話しながら、猫頭をちらっとこちらに向けた。

「先程、僕も教えてもらったところです。本物ではないということがまちがいというわけではない。カルボナーラは別のものになってしまってもおいしいのは同じですから、日本の人々から愛されています。ネックレスの石が本物のダイヤでなくても、あなたの奥様への想いは変わらないのでは？」

本場のカステラでなくても、片倉さんが果鈴ちゃんを想って作ったカステラなら許してくれる……そんなようなことをこの人に言ったのは、私だ。

ああ、そうか、なんて私も男性客の隣で思った。この男性客の奥さんは、彼の真面目で慎重でそれなのにポカをする性格をよく知っている。ダイヤだとかんちがいしていたと聞かされても、いつものことかと多少呆れるくらいだろう。それに、彼のこの純粋な想いを知っている彼女なら、いまさらダイヤであろうがなかろうが関係ないのだ。

「私もそう思う。お兄さんが持ってる目いっぱいの気持ちと、家族で受け継がれてる誓いは本物なんだもの。それはほかのなにかと比べる必要なんかないです」

片倉さんの真似をして私も言ってみたら、男の地味顔はちょっと晴れやかになった。

「マスターとマタタビさんには、背中を押してもらってばかりですね」

それから彼は、フォークに巻き付けたパスタを口に運んだ。私も、パスタにフォークを立ててくるくる回した。

絡まった麺にとろりと馴染む生クリームとチーズのソース、香る黒胡椒。ひと口頬張ると、無性に幸せな気持ちになって、やはり本場とちがうことなんてどうでもよくなってくるのだ。

「それで、片倉さんと果鈴ちゃんがカステラで喧嘩しちゃってね」

小麦が元気なことを篠崎さんに報告したついでに、今日の片倉さんの怒られっぷりも報告した。篠崎さんは文面からわかるほどおもしろがっていた。

「小学生の姪っ子が強いってのは聞いてたけど、そんなになのか！　果鈴ちゃんにも会ってみたい」

「本当に強い子です。カステラ買ってほしくて、長崎旅行に連れていってほしいなんてところまで飛躍しました」

ソファに背中を預けて、脚を投げだしてメッセージを打つ。篠崎さんとやりとりしているのがわかるのか、小麦が近寄ってきた。私の腿《もも》にのしのし乗ってきて、丸くなった。小麦もだいぶ、私に慣れてきてくれた。頭を撫でると喉をゴロゴロ鳴らす。ふと視線を感じて顔を上げると、ニャー助がチェストの影からこちらを見ていた。自分も甘えたいのに小麦がいるから来られないのだろうか。

「ニャー助、おいで」

ニャー助に向かって手を伸ばしてみたが、なにを遠慮しているのかニャー助は後ろを向いてキャットフードを食べにいってしまった。そうしているうちにさらに篠崎さんから返信が来て、小麦が擦り寄ってくると、私は手いっぱいになってしまった。

翌日、日曜の夕方。私はまた片倉さんのもとを訪れた。

「昨日みえた男性が、今朝もいらっしゃいましたよ。マタタビさんにお礼を伝えてほしいと言われています」

片倉さんが私の注文した温かいレモンティーを淹れる。

「奥様、マタタビさんがおっしゃったとおりの反応だったそうですよ。言ってくれてよかった、これからは毎日だって身に着けていたいとおっしゃっているそうです」

「ですよねー。あの人たちの愛情の価値はダイヤの比じゃないですからね！」

「おや！　なかなか詩人なコメントをなさる」

冗談でかっこつけた私に片倉さんはからかい返した。レモンティーのカップを差し出してから、彼は隣に小皿を添えた。その皿の上の黄色い直方体に、私はわあっと歓声をあげた。

「カステラ！　もう作ったんですね！」

「ええ。果鈴はせっかちなので、早い方がいいと思いまして」

果鈴ちゃんに旅行時期が遠くなることを妥協してもらう、約束手形のようなカステラだ。

「果鈴も、早くも旅行の許可を得てきましたよ。姉夫婦も大変乗り気です」

片倉さんが苦笑する。私はさっそくフォークでひと口大に切った。

「あはは、いいじゃないですか、長崎旅行。片倉さんもたまには遠くでのんびりしてきてください」

それからカステラを口の前で止め、尋ねた。

「カステラ渡して、どうでした？　果鈴ちゃん、納得してくれました？」

ダイヤのネックレスの件と同様に、正しい判断だったと褒めてもらえると思ったのだが、意外にも片倉さんは困惑した様子だ。

「それが……果鈴が食べたいのはカステラじゃなくて、長崎の有名店のカステラなのだと怒られてしまいました。ご機嫌を取ろうとしてるのが見え見えだと、もう一発殴られました」

「嘘……ごめんなさい」

手作りクッキーであることに意味があるとか、受け継がれているネックレスであることに意味があるとか、果鈴ちゃんのこれはそれらと同じ次元ではなかった。果鈴ちゃんのカステラは、長崎の有名店のものであることに意味があったのだ。

でも片倉さんはふふふっと嬉しそうに笑った。

「ですが、『これはこれでおいしいから許す』って言ってくれました。マタタビさんの言うとおり、僕の謝罪の念はきちんと伝わったようです。ありがとうございました」

「なんだ、よかった。長崎にはちゃんと連れてってあげてくださいね」

安心してカステラを口に運ぶ。ふんだんな卵とお砂糖を使った、シンプルなカステラだ。しっとりと柔らかくて、舌で砕けてしまう。

「いったん休戦したらしいって、篠崎さんにも報告しよ」

独り言みたいに言うと、片倉さんがえっと首を傾げた。

「篠崎くんに話したんですか？」

「はい、小麦のことを報告するついでに」

「そうですか……連絡取ってらっしゃるんでしたよね。そういう関係ない話もしますよね。どうですか？　篠崎くんっておもしろいでしょ」

片倉さんに同意を求められ、私はこくこく頷いて答えた。

「ほんと、すごく楽しい人ですよね！」

「そうなんですよ。ついつい話し込んでしまうんです。社交力の高さでしょうね」

そんな友人を誇りに思っているのか、片倉さんは満足げに語った。それからふう、と小さなため息を洩らした。

「曖昧にしてごまかして、諦める、か。果鈴の言うとおりになってしまうかもしれないな」

なんだか小さな声でそう呟いたようだったが、私はカステラに夢中になっていた。

Episode5・猫男、抗う。

とである。

篠崎さんがそんなことを言うようになったのは、小麦を預かって二週間が経った頃のことである。

「電話してもいい？」

「いちいち文章打つの面倒だから、電話で話した方が早い」

と、いかにもざっくばらんな篠崎さんらしい理由だった。それからはだいたい夜の九時頃になると篠崎さんから電話がかかってくるようになり、日によっては私の方からかけることもある。直接会ったのは一度だけなのに、篠崎さんの壁のなさもあってか仲のいい友達として打ち解け、私もなんの躊躇もなく電話するようになっていた。

「私が猫好きなのは、実家に猫がいたからです」

篠崎さんと他愛もないやりとりする中で、ふいにお互いの猫好きの理由の話になった。

「お兄ちゃんが拾ってきたんですよ。ニャン吉《きち》って名前なんです。女の子なのに」

いい加減な性格の兄が雰囲気で付けてしまったため、女性らしからぬ名前になってしまったキジトラ猫である。

「俺は大学のキャンパスに住み着いてた猫と顔見知りになったあたりからかなあ。もともと好きだったんだけど、そいつがかわいくてさ」

篠崎さんが懐かしそうに話す。

「あんまり人懐っこくない猫で、人を見ると逃げるような猫だったんだけど、なぜか俺のことは嫌いじゃなかったみたい。食べ物やってたわけでもないのに、後ろをついてきたりしてね」

「わあ、羨ましい！　小麦も篠崎さんが大好きみたいですし、篠崎さんって猫にもてるんですか？」

「人間からももてるよ！」

「自分で言っちゃった！」

やたらと素早い返答に苦笑する。篠崎さんは軽いので冗談だろうとは思ったが、でもまあ、このチャラくて話しやすい感じは友達が多そうで女性からも人気がありそうである。

篠崎さんは、あーあと大袈裟なため息をついた。

「キャンパス猫、もっと触りたかったな。誰も見てないところでこっそり触るようにしてたから、あいつが後をつけてきてても無視することがほとんどだった」

「ふうん。なんで隠れて触ってたんですか？　堂々としてればよかったのに」

耳に電話を当ててソファに寝転がり、天井を見上げる。篠崎さんは答えた。

「当時周りにいた女友達が、『猫好きの男は気持ち悪い』みたいなこと言ってたんだよ。彼女たちから嫌われたくなくてね！」

「うわ、理由がチャラい！」

「はいはいチャラいですよ。今でも、気心の知れた人にしか猫が好きなことは言わないようにしてる。気持ち悪いって言われるのはさすがに傷つくしさ、かわいいものが好きだとからかわれるし」

篠崎さんが半ばいじけた声で言う。たしかに、篠崎さんみたいな華やかな性格の人が猫を愛でていると、ちょっとギャップがあるかもしれない。

「最近は動物好きの男性は人気ですよ？」

どこかで聞いた受け売りの知識で返す。優しそうな印象があるのだとかで、女性ウケがいいらしい。篠崎さんはそれでも苦笑いしていた。

「でもねえ。やっぱり気持ち悪いって言葉は刺さるぞ？」

「そんなの、なんで気にするんですか」

私はソファで寝返りを打って、あははと笑った。

「他人の好みをとやかく言う人にまで好かれたいですか？　私はそういう人とは無理に仲良くやってく必要ないと思いますね。好きなものを否定されて人格まで否定されたら、気分よくないです」

「はあ、そうか」

篠崎さんが目から鱗だというような声で言った。あまりにびっくりしているようだったので、私の方もびっくりした。

「まさか万人ウケしようと思ってました？　そんなの無理ですって。人間、好きと嫌いがあるからこんなに色とりどりなんです。たくさんの人から好かれようとして自分を偽っていると疲れちゃいますよ」

その辺は割り切った方が楽なのだ。篠崎さんはしばし、ほうほうと力の抜けた反応を繰り返し、それから急に、同じテンションのまま言った。

「俺、マタタビちゃんのそういうとこすごく好きだ」

「おっ、そうですか？　光栄です」

いきなり褒められて、私は少し驚きながらも冗談めかして返した。篠崎さんもふざけているような口調で続けた。

「うんうん。サバサバしてて、媚《こ》びなくて。美人だし」

「チャラい！」

また、あははっと笑いが零れた。硬派な片倉さんとお友達なのが不思議なくらいの軽さである。

「そうだよな、好きなものは好きなんだし、遠慮することないんだよな」

篠崎さんはどこか目が覚めたように笑い返してきた。

翌日の夕方、『猫の木』を訪れると片倉さんはかぶり物のボタンでできた瞳をきらきらさせていた。

「マタタビさん！　猫さんをたっぷり触るため、僕は生まれ変わります！」

篠崎さんが猫好きを隠してきたというのに、片倉さんは逆に清々しいくらいに猫好き全開である。

「先日の脱アレルギー宣言以来、猫アレルギーを克服する方法を調べていました」

「あれ本気だったんですね。方法はありましたか？」

こんなに猫が好きなのに、猫を遠巻きに見ているだけの生活なんてかわいそうである。

片倉さんは私の頼んだホットの紅茶を淹れながら語った。

「ぐっと改善されるのはやはりアレルギー用の薬を飲むことだそうです。完治する薬はまだないようなのですが、かなり症状を抑えられるんです。僕もうっかり猫を触ってしまったときのためにいつも持ち歩いています」

そう言われてみれば、片倉さんは猫を触ってアレルギー症状が出ても、気がつくと落ち着いている。あれも薬で止めていたのだろうか。

「ただ、眠くなるなどの副作用がありますし、なによりずっと飲みつづけていると体が薬に慣れてしまって効かなくなっちゃうようなんです」

「あ、そうですよね。私も同じ頭痛薬ばかり服用してて、効きが悪くなった経験があります。薬以外で、改善できる方法はあるんでしょうか？」

できれば、体質ごと変えることができたらいいのだが。片倉さんが私に紅茶を差し出した。

「疲れていると抗体が弱るので、アレルギー反応が出やすくなります。規則正しい生活、バランスのいい食事、良質な睡眠で健康状態を整えて疲れを溜めないようにすることですね」

「わあ、アレルギー関係なく健康的な生活になりますね！」

私も真似して生活習慣を整えたいくらいだ。片倉さんは冗談っぽく苦笑した。

「いつまで続くかわかりませんが、僕は一昨日くらいからちゃんとした食事を決まった時間に摂って、できる限り早めに寝るようにしています。毎日は無理でも、意識くらいは変えようと思います」

猫アレルギーではないが、私もちょっと意識してみようかなと思った。不摂生な生活で疲れを溜めるよりすっきりしそうである。もちろん、忙しいときや用事でそうもいかないのが現状なのだが、指向だけでも変えてみようかな。

片倉さんはもうひとつ、対策を挙げた。

「あとは、猫さんへの対策です。猫さん自身が持つ猫アレルゲンを減らすには、質のいい脂質のフードを与えるのがいいそうです」

それ聞いてとっさに、私は携帯でニャー助にあげているフードを検索した。成分や商品説明を確認したところ、どうやら片倉さんの言うような〝質のいい脂質のフード〟のようだ。

片倉さんはさらに対策を呈した。

「猫アレルゲンは主に唾液の中にあるようで、唾液の付いた毛やフケをそのままにせず猫さんをちゃんとブラッシングしてきれいにして、定期的にシャンプーもする。それから猫さんの出入りする部屋はまめに掃除することが重要だそうです。空気清浄機を設置して、空気中に舞ったアレルゲンを回収するのもいいみたいです」

つまり、対象の物質をばらまかないようにするのが重要ということだ。

片倉さんが猫頭の顎に指を添えた。

「これで少しでもよくなれば、ちょっとだけ未来が明るくなります」

「そうですね！　そうだ、私、明日ここにニャー助連れてきましょうか？」

私はぽんと両手を合わせて提案した。

「片倉さんには体調をベストコンディションに整えてもらって、私はニャー助をシャンプーしてブラッシングしてから連れてくるんです。薬の力に頼らずに、どのくらい症状が収まるか試してみましょうよ！」

ニャー助に会えると聞いて、片倉さんは歓喜した。

「はい！　ぜひよろしくお願いします」

ニャー助も片倉さんに会うのは久しぶりだし、きっと喜ぶ。明日が来るのが待ち遠しくなった。

翌日、私は仕事終わりに『猫の木』にニャー助を連れていくという予定を楽しみに、いつもの仕事をこなしていた。すでにうきうきしている私とは対照的に、隣の席で真智花ちゃんがなにやら不機嫌な顔をしている。

「あー、この会社、また事業拡大するんだ。知ってました？　有浦さん。地元企業ですよ」

気怠《けだる》げに話しかけてくる。真智花ちゃんはどうやら、インターネットのニュースを見ているようだった。

「すごいですよねえ。地方の企業なのにこんなに大きくて、有名大卒の新卒がわざわざ静岡に来るほどですよ。それがさらに市場《しじょう》広げて、拠点増やしてるみたいです」

「真智花ちゃん、仕事終わったの？」

サボり気味の彼女にさらっと注意する。真智花ちゃんはそれでもニュースを追うのを止めなかった。

「今度は九州かあ。この記者のインタビューに答えてる篠崎さんって人も、エリートなんだろうなあ……」

「えっ⁉」

今度は私が、キーボードを打つ手を止めた。よく知った人の名前が聞こえた気がした。九州というのも、あの篠崎さんの出張先と同じである。

いや、でも九州は広いし、そんなに珍しい名字でもない。思い直して仕事に戻ろうとしたとき、私の反応に気づいた真智花ちゃんがたたみかけてきた。

「知ってるんですか？　篠崎橙悟さん」

私の手は、もう一度停止した。フルネームまで聞いてしまうと、もう偶然とは思えない。

キャスターの付いた椅子を少し転がし、真智花ちゃんのパソコンを覗き込んだ。真智花ちゃんも私が見えやすいようにやや椅子を引いて、パソコンの画面をこちらに傾けた。

画面には経済ニュースの記事が広がっていた。日本に住んでいればかならずといっていいほど耳にする広告代理店の会社名、そして「九州事業本部プロジェクト責任者、篠崎橙悟氏に話を聞いた」という書きだし。あらゆる文言に驚愕して、私は口を半開きにして目を丸くしていた。

「まさか、本当に知ってる人なんですか？」

真智花ちゃんが問うてくる。私はやっと我に返って、こくこく頷いた。

「この前、猫を預かったって言ったでしょ？　その猫の飼い主がこの人なの。私、この人の猫を預かってる」

興奮気味に答えたら、真智花ちゃんは大きな目をさらに大きくした。

「嘘ー！　有浦さんの友達の友達って言うから若い人想像してた！」

「いや、若いよ。私より二、三個上くらい」

「ええっ、じゃあその若さでプロジェクトの責任者なんですか？　それもこんな大企業の。事業拡大が全国ニュースになるような会社ですよ？」

「そうみたい。私も今知った」

驚きすぎて、言葉が出ない。真智花ちゃんはすでに雌豹《めひょう》の目になっていた。

「有浦さんがそんな上玉捕まえてたなんて……涼しい顔してやるときゃやるんですね」

「いや、今知ったんだってば。それに、本当に猫を預かってるだけでなんの関係もないよ」

「付き合ってるんじゃないんですね？　じゃあ真智花に紹介してくださいよ先輩！」

真智花ちゃんがあざとく甘えはじめた。こんなのに目を付けられては篠崎さんも大変である。

「やめなさいって。真智花ちゃんには彼氏がいるんでしょ」

「最近うまくいってないから別れる予定でーす」

ああ、機嫌が悪いと思ったら……。

「でも篠崎さんはこんなエリートなんだから彼女くらいいるよ。本人ももてる自覚あるみたいだし。はい、この話終わり！」

カラカラと椅子ごと移動して自分の席に戻ろうとした。が、真智花ちゃんは私の肩を掴んで引き留めた。

「彼女がいたら、彼女に猫預けますよ！　それに有浦さん、この人と頻繁に連絡取ってるっぽいじゃないですか。彼女がいる人だったらそんなことできないはずです！」

真智花ちゃんはこういうことに関してはやたらと鋭い。

「どっちにしても真智花ちゃんに紹介できる人じゃないよ！　はい、仕事に戻る！」

完全にハンターの顔になってしまった後輩をなんとか制して、上司に叱られる前に作業を再開した。

夕方、自転車でいったんアパートに帰ってニャー助と小麦にご飯をあげた。私自身も軽い夕食をすませ、ニャー助をブラッシングする。前日にお風呂でシャンプーもしたし、今日のニャー助はきれいでふわふわである。ニャー助をキャリーに入れて、自転車の荷台に固定した。小麦はキャリーが苦手らしいので、片倉さんのところへ連れていくのはニャー助のみにする。

自転車を引いて、緩やかな坂道を下った。最近、日が沈むと肌寒くなる。生ぬるいようで涼しくもある海からの風が、夕焼けの海をきらきら波立たせていた。

余計なことかもしれないが、篠崎さんに今日の件を確認するメッセージだけ送っておいた。まだ同姓同名の可能性を捨てきれないので、聞くだけ聞いてみたのだ。彼はお仕事中なのか、返事はまだない。

ニャー助を連れて、『猫の木』を訪れた。時間は閉店間際である。お客さんが少なくなってくる時間帯だ。

「こんばんは。片倉さん、体調は万全ですか?」

扉を開けるとドアベルが鳴り、片倉さんがこちらを向いた。

「お待ちしておりました。こちらはばっちりですよ。今日はよろしくお願いします」

ニャー助入りのキャリーを見て、わかりやすく嬉しそうな声で言う。お店ではまだお洒落なお姉さんがふたり、コーヒーを飲んでいる。私も、なにか甘いものが食べたくなった。

「ゆっくりできる時間まで、ケーキをいただいて待っててもいいですか?」

「ありがとうございます。今の時期はモンブランがおすすめですよ」

「おいしそう。それにします」

お店に入り、運んできたニャー助のキャリーをカウンターの下に入れる。ニャー助はおとなしく静かにしていた。

片倉さんがモンブランを用意しているのを眺め、急に思い出す。

「あ、ねえ片倉さん。篠崎さんって、もしかしてすごく大きい会社に勤めてます？」

尋ねる私に片倉さんはモンブランを差し出した。

「あれ、言いませんでしたっけ。失礼しました」

「聞いてないです。やっぱそうなんだ、新プロジェクトの責任者って」

「そうなんですよ。篠崎くんってああ見えてしっかりしてるんですよね」

淡い栗色のクリームの渦のてっぺんに、つややかな金色のマロングラッセ。モンブランの完成度も、喫茶店というよりケーキ店みたいである。モンブランの乗ったお皿には、チョコレートソースで飾り付けがされていた。

「あっ、かわいい！　ニコニコしてる」

ソースで簡単なスマイルマークが描かれていたのだ。片倉さんは手先が器用だ。

「喜んでいただけて光栄です」

なんだか見ているだけでこちらまでニコニコしてしまうようなチョコソースアートである。私はモンブランの薄茶色の山にフォークを入れた。

「それにしても、意外です。篠崎さん、あんなにチャラいのにエリートだったんですね」

「チャラいから仕事ができるのかもしれませんよ。それだけ彼には人を寄せ付ける魅力があるんだといえます」

「ああ、そうか。ああいう人がリーダーシップ取ってくれたら、ついていきたくなりますね。ちょっと危なっかしいから全力でフォローしていきたい気持ちにもなる。案外必然なのかもですね」

モンブランを口に運ぶと、クリームが泡のように舌で溶けた。栗の甘みがしっかり活かされて、秋の匂いを感じた気がした。

鞄の中で、携帯がピロンと鳴った。モンブランをもぐもぐ咀嚼《そしゃく》しつつ、画面を確認する。噂をすればなんとやら、篠崎さんからだ。休憩中なのか、先程の私のメッセージに返信をくれたのだ。

「そうだよ。俺、なかなかのハイスペックイケメンなの」

「自分で言っちゃった」

篠崎さんの返信に、つい口に出して突っ込んだ。篠崎さんはさらにメッセージを書き加えてきた。

「責任者といっても、本社から現地の様子を見に来て、取引先になってくれそうな地元企業に挨拶に来てるだけだよ。だからこっちに転勤ってわけじゃないし、ちゃんとそっちに帰るから待っててね！」

やはりノリは軽いが、しっかり仕事をしているらしい。私は「小麦と一緒に待ってます」と返信して、また片倉さんに向き直った。

「真智花ちゃんが篠崎さんの正体に気づいちゃって、目をきらきらさせてますよ。紹介してほしいらしいです」

「あれ？　マンチカンさんは交際相手がいらっしゃるのでは？」

片倉さんは一度聞きまちがえたときからずっと、真智花ちゃんのことをマンチカンさんと呼んでいる。真智花ちゃんの名前が、脚の短いかわいい猫、マンチカンに似ているからだ。

「なんか、うまくいってなくて別れるつもりみたいです。いい機会だからスペックの高い篠崎さんに乗り換える魂胆《こんたん》なんでしょうね」

真智花ちゃんはかわいい顔をしてしたたかなのだ。

「あの子のそういうとこ、苦手だけど尊敬する。生き残るのが上手なタイプ」

ああいうタイプは生物として強い。かわいくてずるい方が強者なのだ。その点、私ときたら。他人との駆け引きを面倒がって、彼氏も作らずもう何年も来てしまった。後悔はしていないが、周りから変な心配をされてしまう立場にある。

「素敵な人と一緒にいることが、真智花ちゃんのプライドなんだろうな。だからちょっと反りが合わなくても無理しちゃうのよ。それで今回みたいに、無理がたたって別れたくなっちゃうのかもね」

私はモンブランのクリームをさらに削った。中から外装とは別の白いクリームが出てきて、ついにんまりした。

「そういえば、篠崎さんも好かれるために無理してました。猫好きなのをあんまり公表してないんだって」

思い出して言うと、片倉さんは不思議そうに首を傾げた。

「おや。なぜでしょうね」

「猫好きって知られると、もてないと思ったようです」

「おもしろい人ですね」

「私はむしろ、片倉さんくらいわかりやすい方が好感持てるんですけどねえ。まあ、私みたいなのにばっかりもてても意味ないのか」

またひと口、モンブランを掬《すく》う。片倉さんはしばし無言で固まり、私を凝視して、それからふふふふっと笑いながらかぶり物の目を逸らした。

「なんですか、私、おもしろいこと言いました？」

「いえ。今の、ちょっと嬉しかったです」

素直に答える片倉さんに、私の方がどきっとしてしまった。この人のこういう純粋さには面食らってしまう。むず痒くなるのでなんとか冗談に昇華してしまえないかと考えを巡らせていると。

「あー！　彼、仕事終わったって。私もう帰らないと！　ごめんね」

私の背後のテーブル席にいたお姉さんのうち片方が、ガタッと席を立った。もう片方は座ったまま手を振る。

「ううん、久しぶりに話せてよかったよ。またね」

「うん！　変わったお店だけどおいしかった。じゃあね。あんたも頑張ってね」

席を立った方のお姉さんが片倉さんのもとへ歩み寄り会計を済ませ、ドアベルを鳴らして出ていった。ちらっと後ろの席を振り向くと、残った方のお姉さんが冷めた目でコーヒーを啜っていた。

そして急に、ぐったりとテーブルに額を付けて突っ伏した。

「余計なお世話だよ……！」

その疲れ果てた声色に、私は驚いて呆然とした。お姉さんは再びガバッと顔をあげ、コーヒーカップを持ってこちらに向かってきた。

「マスター！　聞いてくださいよ！」

長い黒髪をひとつに束ねた、キリッとした女性だ。私より少し歳上か、同じくらいに見える。お姉さんが私の隣の席に腰を下ろす。人の足が見えたのか、私の足元のキャリー内でニャー助がゴソゴソ音を立てた。

「今の、久しぶりに会った友達なんです。どこかでゆっくり話したいねって言うから、このお店に連れてきたんだけど」

お姉さんは片倉さんに泣きつかんばかりに話しだした。

「なんなのよあいつー！　結婚が近い彼氏の自慢ばっかり！　挙句の果てに、フリーの私に『かわいそう』って言ったのよ！」

「おやおや、それはいやな思いをしましたね」

片倉さんは穏やかに相槌を打った。お姉さんは顔を覆って声を高くした。

「あの子以外もそうだわ。仕事と趣味に没頭してる私に、皆言うの。彼氏いないの？　結婚しないの？　子供ほしくないの？　って。私は私の時間を大事にしたいのに！」

「わかる！」

関係ないのに、隣にいた私は思わず叫んだ。

「私も、その経験ある。私も、恋愛を疎《おろそ》かにしてたら周りに心配されました。家族からは結婚を急かされて、本当にほっといてくれって思いましたよ！」

「ええ⁉　嬉しい、まさか同じ感覚の人に出会えるなんて」

お姉さんが目を私に向け、ひしっと手を握ってきた。

「あれはなんなんだろうね、結婚して家庭を持つのが幸せ、みたいな決めつけ。私は無理して合わない人と暮らすより自分の好きなものを優先した方が幸せなのに。もう、そういう押しつけはうんざり」

「ああ、すごく共感します！」

まるで鏡の中の自分を見ているみたいだ。あまりの親近感に、手が震える。お姉さんは眉をつりあげて愚痴を零した。

「ああいうのって、どうしたらいいんだろう。いいなあって相槌を打てば『あなたにはない幸せでごめんなさいね』みたいな反応されて、私にはいらないと意思表示すると負け惜しみだと思われて。どうしたらいいの」

「甘いものでも食べて切り替えましょう！」

私は勝手に提案した。お姉さんもこくっと頷く。

「そうする！　マスター、私にもモンブランください」

「かしこまりました」

片倉さんはスッとモンブランを用意しはじめた。私は彼のその猫頭を見て、急にぎゅっと胸が締めつけられた。

恋なんて、くだらない。

私自身がよく口にして、片倉さんにも話してきた持論だ。部外者から同情されるのも、急かされるのもうんざり。この女性の気持ちは痛いほどわかる。でも、それだけではないということを、この猫男と、彼を訪ねるお客さんたちが教えてくれた……ような気がする。

「ねえ、お姉さん」

私は薄茶のしましま模様を目で追いかけながら、こちらを見つめるお姉さんに言った。

「幸せの形は人ごとに違って、それは他人に押しつけることじゃないって、私も思います。あなたの価値観はすごく私に似てて、その悩みはとても共感する」

「うん」

「でも、心を預けてもいい人と一緒にいる幸せも、理解できます」

「……うん」

「周りのお節介な人たちは、『そんないい人に出会えたらいいね』と言いたいんだと思います。でもそういった幸せのあり方の固定概念にとらわれてしまって、本人を傷つけるようなことを言ってしまう、その仕組みもわかります」

私も、ひとりが心地いいときはある。誰にも邪魔されたくないときもある。

でも、そんな時間さえも、共有したいと思った人がいる。

「……わかってる」

お姉さんの長い睫毛が下を向いた。

「私は自分なりに好きに生きるのが正しいと思ってる。でも周りがうるさくて、そのたびに不安になるの。私、このままで本当に大丈夫なのかなって」

「その気持ちも、わかります」

「不安だからイライラしちゃって、皆が敵に見えてくる。そうなるととても孤独で、私の考える生き方はまちがいなのかなって、また不安になって」

怒りを露わにしていたお姉さんは、いつの間にか切れ長の目尻に涙を溜めていた。私はわかる、わかると共感が止まらない。ひたすら頷く私と今にも泣きそうなお姉さんのもとへ、片倉さんがモンブランを持ってきた。

「〝自分は自分〟と思おうとしても、なかなかそうはいきませんよね。他人の目があり、指摘されて思い悩んでしまうものです。笑って許せれば楽なんですけどねえ」

お姉さんと同じような私を見てきた片倉さんも、この気持ちをわかってくれるようだった。

「中には、自分と異なる考えの人はまちがっていると、極端な解釈をなさる方もいます。せっかく自分を信じていても、他者からまちがいだと否定されれば悲しくなってしまいますよね」

彼はモンブランを、お姉さんの前にそっと置いた。

「でも、やっぱりニコニコしてるのがいちばんだと思いますよ」

モンブランのお皿には、チョコレートソースのニコニコマーク。私もハッと、自分の皿のソースに目を落とした。なんて幸せそうな笑顔だろう。

「かわいい……」

ソースのスマイルを見て、お姉さんがへにゃっと頰を綻ばせた。彼女もこの力の抜ける笑顔につられたようだ。

「情動感染《じょうどうかんせん》っていうそうです」

片倉さんが柔らかに言った。

「笑顔を見ると見た人も笑顔になるんです。感情は感染するんですね。ほら！　ニコニコ！」

片倉さんは猫頭の頰に人さし指を突き刺した。しかし、かぶり物は無表情だ。

「片倉さん、かぶり物してたら表情見えないですよ！」

たぶん笑顔を作っているのであろう片倉さんに言ってから、私はまたお姉さんの方に顔を向けた。

「でも片倉さんの言うとおり、ニコニコしとくのはいいと思います。笑顔を作ってると、あんまりイライラしなくなります。私もこのお店に来るようになって片倉さんを見てヘラヘラしてたら、苛立つことが減ったと感じてます」

お姉さんは黙ってお皿のソースを眺めていた。泣きそうな、でも少しだけ口角のあがった微妙な表情で、静かに見つめているのだ。私は彼女のその複雑で繊細な表情を覗き込んだ。

「この人はなんて生き生きしてるんだろうって、周囲が感じ取るくらい楽しそうにしてたらどうでしょうか。そうしたら、あなたはあなたの価値観で今の生活を充実させてるんだって、わかってもらえるんじゃないですか？」

するとお姉さんは、赤くなった目尻からぽろっと涙を零した。泣かせてしまった。なにかまずいことを言ったかと思って私は慌てて謝罪の言葉を探す。が、オロオロする私にお姉さんの方が謝ってきた。

「あはは……すみません。これ、悲しいんじゃなくて」

お姉さんは泣きながらも、くすくす笑った。

「やっとわかった感じがして。自分の中で詰まってたものが取れて、あふれちゃっただけです。なんだかすごく、安心しました」

　モンブランのお皿の笑顔を見つめ、女性はゆっくり呟いた。

「そうですよね。私は私の今の生き方にプライドがある。周りに流されそうになったら、こんな考え方もあるんだって逆に教えてあげよう」

　真智花ちゃんのように、誰かと恋することがプライドの人もいる。だったら、このお姉さんみたいに、独自の生き方がプライドの人だっていていいのだ。私はそれを、誰より理解している。

「ありがとうございます。私、もう大丈夫だと思います。これからはもっと、私の、私だけの充実感を自慢しようと思う」

　お姉さんがモンブランをフォークで掬い、口に運んだ。

　お姉さんのお陰で、私も整理がついた気がした。恋愛観が迷走気味だった私が、今どんな価値観でいるのか。あれから少しは、大人になれたのか……。

　カップを磨いている猫頭をじっと見ていたら、向こうも視線に気づいて顔をあげた。かぶり物のくせに、なぜか私が見ているのがわかるようである。ボタンでできた黒い目と見つめ合っているとなんだか無性に恥ずかしくなってきて、私はモンブランを大きめに掬って口に詰めた。

　お姉さんが帰った直後、ニャー助が急ににゃーんと声をあげた。

「あ！　静かすぎて忘れかけてた。今日はニャー助触るんでしたね、片倉さん！」

「そろそろ店じまいして、外に行きましょうか」

お店の中ではニャー助をキャリーから出せないので、片倉さんとともにお店の前に出る。逃げられると危ないので、首輪にしっかりリードを付けてくるのが決まりだ。

「どのくらい症状が緩和されるかちゃんと検証するために、かぶり物は外しましょうか」

さらっと言ってみると、片倉さんは一度頷いた。

「そうですね！　あ、いや、やっぱりだめです。これは被ったままで」

「あーあ、勢いに流されて外してくれると思ったのに」

隙はあるのに、ギリギリになって躱される。

お店の表はさらに日が沈んで、西の空に紺色が滲んでいた。夕焼けと星空の合間で薄い紫の雲がひらひらと、海風に流されている。

キャリーの扉を開けると、中でスフィンクスみたいな姿勢で待機していたニャー助と目が合った。片倉さんが覗き込む。

「ニャー助。久しぶり」

ニャー助は片倉さんのかぶり物に驚かない、変に落ち着いた猫である。それどころか仲間と認識するのか、片倉さんのことが大好きだ。にゃーんと甘えた声を出して、キャリーから出るなり片倉さんの長い指に顔を摺《す》り寄せる。

「うわああ……かわいい」

片倉さんが静かに悶絶する。彼がニャー助の顔をぐりぐり撫でるとニャー助はゴロゴロ喉を鳴らした。

「ニャー助は本当に片倉さんが好きですよね。片倉さんが猫好きなのが、この子にはわかるのかな」

ニャー助はひっくり返ってお腹を見せて喜んでいる。同じ模様の片倉さんとニャー助がじゃれ合う姿は、なんとなく微笑ましい。

「片倉さんとニャー助のツーショット、かわいいです。模様がお揃いで、ペアルックみたい。写真撮ってもいいですか？」

私はニャー助のリードを片手に、携帯のカメラを起動した。片倉さんがちょっと戸惑う。

「恥ずかしいけど、どうぞ」

かぶり物の中ではにかむ片倉さんと普段どおりのニャー助がカメラ目線になったところで、シャッターを押した。

夕暮れの優しいオレンジの光に包まれた、ふわふわと風に吹かれる猫頭と、撫でられて気持ちよさそなニャー助。背景には見慣れた喫茶店の建物が映り、なんだか私の好きな時間が凝縮されたような一枚になった。

「すごくいいのが撮れましたよ。ロック画面にしよう」

「嬉しいやら恥ずかしいやらです」

片倉さんは照れ笑いして、ニャー助の喉をわしゃわしゃ指でくすぐった。ニャー助の喉がゴロゴロとご機嫌な音を立てる。

「この写真、片倉さんにも送っておきますね」

私は片倉さんの連絡先に写真を送信した。かなり気に入った写真なので、共有したくて有無を言わさず送っていた。

「そうだ、篠崎さんにも見てもらおう。送ってもいいですか？」

被写体に確認をとると、片倉さんは一瞬ニャー助を撫でる手を止めた。でも、すぐにまたふにふにと撫でだす。

「いいですよ。おもしろがると思います」

「篠崎さんは私とは逆に、かぶり物の片倉さんを見慣れてないから、不思議な感じするかもしれないですね」

許可をもらってすぐに、篠崎さんにも送信した。仕事の終わりにこれを見て、ちょっとでも疲れが取れたらいいなと思う。

ふいに、片倉さんが神妙な声を出した。

「ねえ、マタタビさん」

「はい？」

片倉さんがニャー助のしましまの背中を撫でる。

「篠崎くんから変なこと言われてませんか？」

「ん？　まあ、冗談ばっかりですね」

日頃の篠崎さんとのやりとりを思い返す。小麦の話題かニャー助の話題が七割で、あとの三割くらいが私と篠崎さんの個人的な話題である。片倉さんはニャー助に視線を落としたままだ。

「篠崎くんはあのとおり、人と打ち解けるのがとても早いので、マタタビさんを困らせてないか心配なんです。いやだなと思ったら、僕に言ってくださいね。こちらから窘《たしな》めておきます」

「ありがとうございます。今のところ、大丈夫ですよ」

心配しなくても、篠崎さんがしっかりしているのは私より片倉さんの方がわかっているはずなのに。なんでそんなことを言うのかなあ、などと考えて、もしやと思った。

「片倉さん、ひょっとして妬いてます？　私がすぐ篠崎さんって言うから」

冗談のつもりで、からかってみた。片倉さんはニャー助の腋に手を添え、そのままひょいっと抱きあげた。

「マタタビさんの魅力に気づく人は結構たくさんいるので、それは複雑ですよ。その人、僕のお客さんなんだけどって思うことはあります」

案外素で返されて、今度はこちらが一瞬硬直した。片倉さんがニャー助を抱きかかえて尻尾の付け根をポンポンしている。

「マタタビさんが気づいてないのか、気づいてるけどスルーしてるのかわかりませんけど。あなたは異性間の友情が成立するタイプだと思いますが、世の中にはそうではない人もいるんですからね」

「どうしたんですか、急に」

少し手が震えて、携帯をぎゅっと握りしめた。海がざあ、と波音を立てた。ニャー助の喉の音が心地よい。少し冷える風に吹かれて髪が揺れた。

「なんでもありませんよ。篠崎くんはフランクすぎるから、気を付けてくださいと言いたいだけです」

片倉さんはそう笑ってから、ニャー助に猫頭を近づけた。

「それより、すごいです！　さっきから僕、全然くしゃみも痒みもありませんよ」

「あ、本当だ！」

今までの片倉さんでは考えられないくらい、存分に猫を触っている。

「僕の体質がそんなにすぐ変わるわけないので、マタタビさんがニャー助をきれいにしてくれたお陰ですね。ありがとうございます。これで小麦さんを預かれ……っくしゅん！」

さすがに近づきすぎたのか、片倉さんがアレルギー物質に反応した。私は少ししょげた片倉さんに苦笑した。

「あはは。小麦を片倉さんに預けるのはまだちょっと危険ですね。でも、もうすぐですね。もうすぐで、なんとかなりそうです」

ニャー助が不思議そうに片倉さんを見上げる。秋の風が海を鳴らす、涼しい日だった。

Episode6・猫男、はじめる。

「ねえねえ、有浦さんてば。その篠崎さんって人はいつ戻ってくるんですかあ？　ぜひお会いしたいのでえ、お酒の席をセッティングしてほしいんですよお」

　真智花ちゃんがハンター化して三日が経った。現在の彼氏さんと仲直りする兆しがないのか、彼女は虎視眈々《こしたんたん》と篠崎さんへ狙いを定めていた。この日の帰りも、エレベーターの中でこのように私にせがんでくる。

「わかったわかった。後輩が会いたがってるって伝えとくね」

　とりあえず、具体的な日程は答えずにその場は受け流しておいた。真智花ちゃんみたいなかわいい子が会いたがっていると言ったら、篠崎さんならあっさり承諾するような気もする。

「その前に真智花ちゃん、彼氏さんと別れたわけじゃないんだよね？　お酒の席なんて用意して大丈夫なの？　恋人が知らない人とお酒飲みに行くってだけで不安になる人だっているんだよ」

　言わずに出かけたら、浮気を怪しまれてしまう。しかし真智花ちゃんはむっとむくれて上目遣いで反論した。

「誰と出かけようと私の勝手！　それに、言ったら言ったで止められるのは目に見えてるし！」

わがままだな……。でもまあ、言いたいことはわからなくもない。

「でもこのままだと真智花ちゃんが浮気したかもと思われちゃうんだから、説明はちゃんとしておこうね。会社の先輩の友達の友達と飲みに行きますって言うだけでいいんだから」

「なんかすんごく遠い人みたいに聞こえます」

「実際遠い人でしょ、真智花ちゃんは会ったこともないんだから」

それどころか篠崎さん側は真智花ちゃんの存在さえ知らない。

「大丈夫ですって。言わなきゃ平気です。帰りが遅いとかなんとか言われたら、有浦さんとふたりで飲んでたって言います」

真智花ちゃんは頑なにごまかそうとしていた。そもそも篠崎さんに相談したわけでもないので、いずれにせよいったん保留の案件である。

エレベーターを降りて、エントランスから会社の建物を出た。定時にあがるとまだ空が明るい。ここで真智花ちゃんと別れようとしたときだった。

「おっ、来た来た。夏梅！」

突然、懐かしい声が飛んできた。声の主は会社のビルの横に植わった木の下で、ベンチに座っていた。手をひらひら振っている彼女に、私は目を丸くした。

「美香《みか》⁉　久しぶり！」

少し前までこの支社にいた、同期の高野《たかの》美香だったのだ。かなりの恋愛気質で、前任の支部長に恋をしてその話をよく私に聞かせていた。しかし転勤になり、今は東京本社にいるはずだ。

「なんでここに？」

「今ね、一部の社員だけピックアップされて、隣の市で試験の講習会を受けてるのよ。私もそれに呼ばれてるわけ。ここ近いから、ちょっと寄ってみた」

美香がニッと口の端をつりあげる。本社からの電話でたまに声を聞くことはあるし、プライベートでも時々連絡を取りあっているが、会うのは一年以上振りだ。なんだかすごく懐かしくて、自然と私も頬を綻ばせた。

「びっくりした！　連絡くれればよかったのに」

「びっくりさせたくて、わざといきなり訪ねたんでしょうが」

美香は私の背中をバシバシ叩いて再会を喜んだ。見ていた真智花ちゃんが美香を覗き込む。

「初めまして、私、有浦さんの後輩の桃瀬ですう！　お電話ではお話ししたことありますよね」

「ああ、あなたが真智花ちゃん！　夏梅がお世話になってます」

美香と真智花ちゃんが並ぶと、私はふたりのオーラに潰されかけた。どちらも恋に生きるきらきら女子。眩しい。

「相変わらずきれいだね。変わらないね、美香」

私が美香にそう言うと、美香は真智花ちゃんとの挨拶をすませ、再び私と向き合った。

「夏梅は、ちょっと変わったね」

「えっ？　そう？」

自分ではそんなつもりはなかったので、少々驚く。美香はそうよと頷いた。

「うん。太った」

「酷い！」

突然ジャブを食らった気分だ。美香はあははっと軽快に笑った。

「冗談冗談。でもなんか幸せ太りしてる感じがある。もとが細身だから、そんなに気にすることないよ」

「なによ、幸せ太りって……」

ここのところ喫茶店で甘いコーヒーを飲んだりお菓子を食べたりしているから、太ってもおかしくはないのだが……。

美香は私の顔を眺め、唸った。

「うーん、うまく言えないけど、なんか穏やかになった、のかな？」

「そうかな？」

自覚はないが、美香がそう言うのならそうなのかもしれない。心当たりといえば、あの心をほぐす喫茶店か。

「まあ、夏梅も真智花ちゃんも、近々飲みにでも行こうよ。私、講習会の二週間は隣の市のホテルに泊まってるから」

美香はまたにっこりして、手を振った。

「また今度ね！　じゃあね」

一方的に纏《まと》めて去ってしまうところも相変わらずだ。真智花ちゃんとも別れ、私はいつもの帰り道へと自転車を漕ぎだした。


自転車で海浜通りを駆け抜けて『猫の木』に向かった。夕焼け空は淡いピンク色で、海にその光が反射している。きらきらして、眩しい。

夕焼けの中に佇む赤い屋根の喫茶店が見えてきた。いつもどおりの風景に、ふっと心が落ち着く。が、店の前で自転車を降りたら、いつもとちがうことに気付いた。

店の扉の脇に、背の低い木の小椅子がある。その上には黒板が乗っていて、白いチョークで書かれた片倉さんの手書き文字が踊っていた。

「『アップルパイ、はじめました』……？」

声に出して読んでみて、はあ、と納得する。そういえば片倉さんは、秋の限定メニューを考えたいと言っていた。でもなんだろうか、アップルパイがメニューに加わったのはよく伝わるが、文言がなんとなく〝冷やし中華はじめました〟みたいなニュアンスで、どうもしっくりこない。

微妙な違和感を感じながらも、お店の扉を開けた。

「いらっしゃいませ」

片倉さんの声がする。見渡すと、テーブル席に学生らしき男女がふたり、すでにアップルパイを食べていた。

「アップルパイはじめたんですね」

私は片倉さんに言い、いつものいちばん奥のカウンター席についた。片倉さんは猫頭でこくんと頷いた。

「そうなんです。我ながらなかなかの出来栄えなので、一刻も早くお客様に告知したくて、あのような看板を出しました」

「いいですね。思わず立ち寄りたくなるすばらしい看板だと思いますよ」

「ありがとうございます。ちょうどいい椅子と黒板があってよかったです」

片倉さんは満足げに言ってから、首を傾げた。

「でも、文言が変なんですよ」

「あ、自分でわかってたんですね」

「ええ。あれでは冷やし中華をはじめたラーメン屋みたいです。以前マタタビさんが、『冷やし中華でもはじめたらどうですか』ってアドバイスをくださったことがあったでしょう？　なんだかそのインパクトが強くて頭から離れなくて、あんな文言しか浮かびませんでした」

「ありましたね、そんなこと！」

たしか、私がこの町に来たばかりの頃。かき氷を使った新メニューを考えていた片倉さんに、私は冗談のつもりで冷やし中華を提案したのである。お洒落なレトロ喫茶に冷やし中華、それもほぐし氷を使ったというちょっと不思議なものになってしまったが、町の住人からの評判は意外とよかったらしい。

「アップルパイが期間限定で置いてあることを伝えるには、どんな文言が適しているのでしょうか？」

長年喫茶店の店主をやっているはずなのに、片倉さんはその辺の宣伝技術にとても疎い。私も一緒に考えた。

「うーんと……シンプルに『期間限定・アップルパイ』とかどうでしょう？　あ、普通すぎて全然目を引かないかも」

提案したものの、自分であまり気に入らなかった。

「『新作アップルパイ』『アップルパイあります』……うーん。どれも陳腐《ちんぷ》だな」

ありきたりな言葉でもアップルパイの存在さえ伝わればいい、とは思うが、せっかくだからもっといい文言を考えたい。

「やっぱり、アップルパイを食べてから考えます。合うドリンクと一緒に注文させてください」

「かしこまりました。相性がいいのは紅茶、とくにシンプルなダージリンが合いますよ。よろしいですか？」

「よろしくお願いします」

片倉さんが「なかなかの出来栄え」と自負するアップルパイ。いったいどんなお味なのか、楽しみで頬が緩んでしまう。

「このアップルパイ、じつは先代の真似をして焼いたものでして」

片倉さんがカウンターの向こうで作業しつつ、言った。

「メニューにはなかったんですが、一度だけ果鈴のために焼いてくれたことがあったんです。それを再現しました」

先代というのは、片倉さんの師匠で片倉さんの前のマスター、栗原《くりはら》さんのことだ。私は会ったことがないのだが、気難しい頑固なおじいちゃんだったと聞く。片倉さんはこの師匠のことを怖がっているが、時々こうして彼を思い出してメニューに反映させたりする。怖かった以上に、深く深く尊敬しているのだろう。

「お待たせしました、アップルパイと紅茶です」

片倉さんが、白いお皿に盛り付けられたアップルパイと紅茶を私の前に置いた。私はうわあ、と細い歓声をあげた。

ざっくり編み込まれたつややかなパイ生地から覗く、たっぷりの煮リンゴ。金の雫のようにうるうるしていて、あたたかな照明の光に煌めいていた。横から見ると、リンゴの下にぎっしりと黄色いカスタードが詰まっているのが見える。ふんわりと振りかけられたシナモンが豊かな香りを放つ。パイの横にはバニラアイスが添えられ、端っこが少しだけとろけていた。

「おいしそう。すごくきれいです。この古典的な見た目がまた素敵ですね」

「栗原さんのアップルパイはトラディショナルなタイプだったんです。大きくてずっしりしてて、遠慮なくリンゴが詰まっている、昔ながらのアップルパイ」

私の反応を見て片倉さんは満足そうだ。

さっそくフォークを入れて、ひと口大に掬い取る。口に入れると、パリッとしつつも柔らかいパイとふにゃふにゃに煮込まれたリンゴが和音を奏でた。旬のリンゴの爽やかな酸味と蜜の甘さ、優しく絡まるカスタード。美香に「太った」と言われようが、こんなにおいしいものがあるのなら仕方ない……そんな境地に落ちていく。紅茶をひと口啜ると、ほどよい渋みがさらにアップルパイの甘みを引き立てた。

「『古きよき懐かしのアップルパイ、あります』なんてどうですか？　あ、それか『求めていたアップルパイここにあり』……いや、変か」

この魅力を伝える文言を考えようとしたのに、センスがなくて言い表せない。片倉さんがかぶり物のモコモコの口に指を添えた。

「古きよき……。そういえば、『冷やし中華はじめました』も、古い伝統なんだそうですよ」

「へえ、そうなんですか！」

「ええ、昭和の初め頃、当時はあまりメディアが発達してませんでしたから、夏の風物詩である冷やし中華をはじめるときはお店の前に貼り紙して開始宣言をしたらしいです。現在は告知手段はいくらでもありますが、当時の伝統を受け継いで今でもああして貼り紙をするお店があるんですって」

「いいですねえ、今も昔も変わらないものって。その時代を知らなくても心をくすぐられますよね」

　時代が変わり、生活の背景が変わっても、なぜか心地よいノスタルジーを感じるものがある。このアップルパイを〝懐かしい〟と感じるのも、きっと伝統を重んじる〝変わらない〟魅力ゆえだ。

「ところで私、今日久しぶりの同僚に会ったんですけど、『変わったね』って言われたんですよ」

　美香に言われたことを思い出した。片倉さんはほう、と納得した。

「変わりましたよね。僕もそう思いますよ」

「片倉さんから見てもそうなんですか？」

「ええ、いい変化という意味で」

　おそらく、この喫茶店に通うようになったのが原因なのだが。

「片倉さんは……変わった変わらないというより、変わってますね」

「変わり者、という意味ですか？」

　片倉さんはおかしそうに笑った。

　そんな会話をしながら、新しいフレーズを模索する。この感じが伝わって、おいしそうで、目を引く文言。アップルパイをひょいひょい口に運んで頭を回した。

そこへ、ドアベルがカラン、と静かな音を立てた。

「あの……アップルパイ、あるんですか……？」

おずおずと顔を覗かせる、女の子がひとり。リンゴみたいな赤くて丸いほっぺたの、かわいらしい女の子だった。覗き込んですぐ、彼女はびくっと肩を跳ねあげた。

「ひゃあ！　猫⁉」

片倉さんのかぶり物に仰天している。この新鮮な反応、初めてのお客様のようだ。

「いらっしゃいませ。アップルパイ、やってますよ」

驚かれることに慣れている片倉さんは冷静に迎えた。女の子はしばし硬直していたが、片倉さんの柔らかい声に、はあ、と目を剝いたまま会釈した。

私が初めて来たときもそうだったが、片倉さんのかぶり物は最初、びっくりする。が、逃げようという気持ちにはならない。片倉さんが冷静に、優しい声を出すからなのかもしれない。

女の子はまだ驚嘆の表情のままだが、キョロキョロしながら私のひとつ隣の席に腰を下ろした。私のアップルパイをちらと見て、片倉さんのかぶり物を見上げる。

「あ……アップルパイと、紅茶をひとつ」

「かしこまりました」

片倉さんは慣れた仕草で作業を始めた。警戒気味の女の子は、そっと私に声をかけてきた。

「あの……あの人はなんであんなの被ってるんですか？」

童顔の、かわいらしい女の子だ。十代後半くらいかな、と推測する。

「あのかぶり物の理由は、私も知らないんです」

片倉さんのかぶり物については、常連の私にだってわからない未解決事案なのだ。

「でも、いい人だしお店のメニューはどれもおいしいですよ。さっき、アップルパイって言ってましたよね。外の看板見たんですか？」

聞くと、女の子はこくんと頷いた。

「はい。アップルパイには思い出があって。アップルパイという文字を見ただけで、無性に食べたくなったんです」

あのちょっと変なフレーズの看板でも、しっかり役に立っている。

「お待たせしました。アップルパイと、紅茶です」

片倉さんが私とお揃いのセットを女の子に差し出した。彼女はまたかぶり物にびくっとしたが、目の前のアップルパイにすぐに視線が移った。

「あっ……これ、そう、こういうの……」

女の子の声が震えた。彼女は添えられたフォークを手に取り、おそるおそるパイの鋭角に差し込む。小さなひと口分を、ぱくっと口に入れた。そしてしばらく、フォークを咥《くわ》えて固まった。私は横から女の子を眺める。片倉さんも、やや首を傾げて彼女を見ていた。

すると突然、彼女の目からぼろっと大粒の涙が零れ出た。

私はぎょっと仰け反り、片倉さんはただ静かに動かなかった。女性がフォークを咥えたままでぽたぽたと涙を落とす。どうしたのだろう、涙が出るほどおいしかったのだろうか。

「大丈夫ですか？」

そろりと声をかけた。彼女はやっと、ゆっくりパイを飲み込んでフォークを離した。

「ごめんなさい。あんまりに、懐かしい味で」

「思い出の味に、似ていましたか」

片倉さんが優しく問うと、女の子は目を閉じて頭を垂れた。

「小さい頃、歳の離れたお兄ちゃんと食べたおやつのアップルパイに……似てる」

うう、と少し嗚咽を交えて、女の子は話しだした。

「切り分けてもらったアップルパイをお兄ちゃんと分けっこして、食べるんです。それで、余りが出ると私とお兄ちゃんは取り合いの喧嘩をして。私は昔から泣き虫で、喧嘩したらすぐ泣いて。それで、最終的にお兄ちゃんはいつも私に譲ってくれた」

アップルパイの味で、懐かしい思い出が呼び起こされているようだった。彼女は涙も言葉も止まらず、しゃくりあげながら続けた。

「だけどもう、その頃のお兄ちゃんはいないんです。大人になって、彼女ができて、結婚もして、家からもいなくなって。いつの間にか、私だけのお兄ちゃんじゃなくなってました」

女の子は、ううっと小さく呻いた。

「ごめんなさい、気持ち悪いですよね。私、お兄ちゃんっ子だったんです。両親が忙しくて家にいないときも、ずっとそばにいてくれたのはお兄ちゃんだったから。でも、だんだん私の知らないお兄ちゃんに変わってきて、どんどん知らない人になってく。それが寂しくて悲しくて」

私は自分の目の前の、食べかけのアップルパイに視線を戻した。バニラアイスが溶けはじめている。少し掬って、パイに乗せて口に運んだ。

私にも兄がいるので、この女の子の感覚はわからないこともなかった。子供の頃からずっと近くにいて、お互いの知らないことなんてなにもなかった。だが兄に思春期が訪れ、六歳離れた妹である私は置いていかれた感じがした。兄は〝お兄ちゃん〟から〝男の人〟に変わっていき、私の知らない部分をたくさん隠し持つようになった。

とはいえ、うちの兄の場合は勢いだけで生きている手のバカなので、彼女ができようと結婚しようと妹の私をかわいがってくれていた。それはもう鬱陶しいほどに。お陰様で私はその反動でこんなにドライな性格になってしまった。

「今度、お兄ちゃん夫婦に赤ちゃんが生まれるんです」

女の子がぽつんと言った。わ、と感嘆して片倉さんが両手を合わせる。

「おめでとうございます」

「はい。私も、それを聞いたときはすごく嬉しかった。甥っ子か姪っ子が生まれるんだって思ったら、すごくわくわくした。でもあとになってから、やっぱり不安になったんです。お兄ちゃんがさらに、変わっちゃうんじゃないかと」

　彼女は大粒の涙を落とし、顔を伏せた。

「最低ですよね。新しい命が生まれるのに、素直に喜べなくて。でも子供の頃のお兄ちゃんに戻ってくれたらいいのにって、どうしても思ってしまう。赤ちゃんが生まれてきてくれること自体は、本当に嬉しいのに」

　大好きだった人が知らない人に惹かれ、自分の知らない人に変わっていく。置き去りにされるのは、寂しいものだ。

「その気持ちがあるなら、最低なんかじゃないですよ。甥っ子か姪っ子が生まれたら、きっと嬉しくて不安なんて消し飛びます」

　片倉さんはそっと語りかけた。

「懐かしいな。生まれるって聞いたときは、名付け親になりたくて候補の名前をたくさん考えました。まあ、全部却下されてしまいましたけど……」

　片倉さんのぼやきを聞いて、私の頭に生意気なあの子の顔が浮かんだ。片倉さんは果鈴ちゃんの名付け親になり損ねていたらしい。

「マスターにも、ごきょうだいやそのお子さんがいるんですか？」

　女の子が赤くなった目で片倉さんを見上げる。片倉さんは頷いた。

「姉がいまして、姪がいるんです。僕の姉は結構破天荒《はてんこう》な人で子供の頃はよく意地悪されてました。ですが、姪が生まれてから何事も姪を第一に考えるまともな大人になりました。でもやっぱり、今でも僕には意地悪してきます」

初耳の情報に、私は耳を傾けた。片倉さんにお姉さんがいるのは知っていたが、どんな人物なのかは知らなかった。しかし姪っ子の果鈴ちゃんの性格を見れば、片倉さんがどんな扱かわれ方をしているかなんとなく想像はつく。

片倉さんが自身のかぶり物を指さした。

「このかぶり物だって、姉が通販で姪の服を買おうとして、カタログの注文番号をひとつまちがえてこれが届いてしまったというのが始まりです。『あんた猫が好きでしょ』といきなり押しつけられて、どうしようかと思いましたよ。僕を困らせて遊ぶところは、子供の頃からなんにも変わっていません」

これも初耳の情報だった。かぶり物が発注ミスだったと聞いて、アップルパイの女の子は少し笑った。

「あはは……素敵なお姉さんですね」

「お客様のお兄さんも、別人に変わってしまったわけではありませんよ。守るものが増えて、大人になっただけ。本質的なことは、なにも変わってないんじゃないでしょうか」

紅茶がふわふわと白い湯気を立てている。女の子の潤んだ瞳にアップルパイのきらきらが映り込む。

「アップルパイもそうです。こういう伝統的な作り方を意識するときは、当時のものをそのまま作るんじゃないんです。時代に合わせて微妙に変化させるんですよ」

片倉さんの言葉に、私は顔をあげた。

「老舗のお店がよく言いますよね。変わらない味を守るのにも、変化していくことが必要って。テレビで観ました」

「変化と成長は、似ているようでちがうんですね。お客様のお兄さんの場合は、成長ですよ」

片倉さんが諭す。私は隣で涙を落とす女の子に顔を向けた。

「あなたはちょっと、寂しがり屋さんよね。今度はあなたがお兄さんを応援する番じゃないかな。お子さんができて忙しくなるお兄さんと、お兄さんが選んだ大切なお嫁さんをサポートできるように、今度はあなたが大人になる番ですよ」

「……うん」

彼女は頬をまっ赤にして、袖で涙を拭った。

「気がつきました。お兄ちゃんは、昔は私のお兄ちゃんで両親の息子でしかなかったけど、今はそれに加えて夫でありお父さんなんですよね。でも私のお兄ちゃんであることは、変わってない」

責任が増えて、守るものが増えた。新たな命を前に、もっと強くなっていく。この女の子も、きっと一緒に。

「赤ちゃんが生まれて、大きくなったら、アップルパイを焼いてあげたいんです。うん。

やっぱり生まれてくるのが楽しみです」

そう微笑んだ彼女は、なんだか急に大人びて見えた。


「やっぱり、看板の文言はあのままにしておこうかと思います」

アップルパイの女の子が帰ったあと、片倉さんはお皿を片付けながら言った。

「マタタビさんも先程の女性も、別のお客様も、入ってきながら『アップルパイはじめたんですか？』って聞いてくださるんです。道行くお客様に新商品を紹介する手段として、昭和初期から用いられる伝統的フレーズですからね。やはり人を引き付ける力がある言葉なのでしょう」

「それもそうですね。無理に変えなくてもいっか」

私もアップルパイを食べ終えて、ゆっくりと紅茶を楽しんでいた。

美香が私のことを「変わった」と言ったとき、そのあとで「穏やかになった」と言った。片倉さんも、「いい意味で変わった」と言ってくれた。もしかして私も、大切なものが増えて、知らず知らずのうちに成長していたのだろうか。私がこの町に左遷された理由があまりにも理不尽で、その当時は仕事がつらくて仕方なかった。でも、今の私にはニャー助がいて、この喫茶店があって、片倉さんがいる。自暴自棄になってイライラしている暇があったら、一秒でも長くその大切なもののことを考えていたいと思う。

私はカウンターの向こうで猫ヒゲをふよふよさせる片倉さんを見上げた。

「にしても、片倉さんのそのかぶり物が、お姉さんの予期せぬミスから手に入れたものだったなんて知らなかったです」

「そうなんですよ。お店で被ってみたら好評だったので、今度は自らスペアを購入して、色違いやほかの動物も買ったりしてみて、今があります」

「気に入っちゃったんですね」

片倉さんがかぶり物を被りたがる謎の解明に、ひとつ近づいた気がする。

「でも、普通そんなのもらってもお店で被ってみよう！　とは思いませんよね」

私だったら、かぶり物をもらっても自宅のどこかに飾る程度で日常的に被ろうとは思わない。

「お店で被ることにしたのにも、なにか理由があるんですか？」

片倉さんはうーん、と苦笑いした。

「変わりたかったんですよ」

「……え？」

とくに神妙になるでもない、普段どおりの穏やかな声色だった。

「若い頃の僕は、今より繊細で面倒くさい性格だったので、自分以外の誰かに化けてしまいたかったんです。人間ですらない外見になってしまいましたけどね」

片倉さんは柔らかな物言いでそう語り、自身のかぶり物の頬をぽんぽん触れた。自分以外の誰かに変わりたい、穏やかな口調なのに、その言葉がやけに刺さる。

「なになに、なんでそんなこと思ったんです？」

ぐいぐい尋ねると片倉さんは急にはぐらかした。

「このかぶり物、ほんとは着ぐるみなんですよ。首から下もあるんです」

「うっ、気になる話だけど、それより片倉さんのこともっと教えてくださいよ。私、初めてお会いしたとき、かぶり物の理由を知りたいって言ったじゃないですか」

いつまでも引っ張る片倉さんにむくれる。彼は私の反応をおもしろそうに見ていた。

「ふふっ、だからですよ」

なんだか意味深な呟きを零し、何事もなかったかのようにカップを磨きはじめた。

「いつか話します」

「いつかっていつですか！」

その「いつか」を捕まえるために、まだまだ通いつづけよう……そんな決心を固めて、残りの紅茶を飲み干した。

Episode7・猫男、しくじる。

思えば、今日は朝からついていなかった。

目覚ましのアラームを設定し忘れて寝坊し、朝ご飯も食べずに慌てて会社に駆け込んだ。遅刻ギリギリで始業時間に間に合ったまではよかったが、天気予報を確認し損ねて雨が降ることを知らず、傘を持ってこなかった。昼頃に猛烈に降りはじめ、驚かされた。さらに昨日の夜外に干した洗濯物が、出しっぱなしになっていることを思い出す。今頃雨に降られて全部びしょびしょになっているだろう。

こういう日はなぜか仕事も捗《はかど》らず、小さなミスを三つもしたし、コピー機を詰まらせ、おまけにペンのインクが切れる始末。ささやかに憂鬱な出来事が重なって、なんとも悶々とした一日が過ぎた。

終業時間になっても、ざあざあ降りの雨は止んでいなかった。傘を忘れた私は少し会社で雨宿りしようかとも考えたのだが、止む気配がない。仕方なく、近くのコンビニまで走って傘を買い、自転車は会社に置いたまま帰り道を急いだ。

雨の日の海は波が高く、うねっていた。水面が白く煙っている。水平線は霞んで遠くが見えない。肌寒さが一層強くなって、身震いした。

薄暗い雨の中に黄色い光を洩らす喫茶店が見える。窓の向こうに猫の頭の影が見えて、なぜか安堵感を覚えた。顔に吹き込んでくる雨を拭い、逃げるように『猫の木』に駆け込んだ。

今日は片倉さんもひと味違った。

「いらっしゃいませ、マタタビさん。雨の中大変だったでしょう」

私にタオルを差し出す猫男は、いつもの茶トラ白ではない。ミルク色の顔に、鼻先と耳だけがこんがり小麦色の笹かま猫だ。

「今日は小麦に寄せてるんですね。かわいいですよ」

たまのイメチェンを褒めて、タオルを借りる。傘で防ぎきれなくて濡れた髪を、タオルで包む。洗い立てのいい匂いがした。片倉さんがかぶり物の頬に指を当てる。

「昼までは、気に入っている茶トラ白を被っていました。うっかり外に出たときに雨に降られてしまい濡れてしまったんです。ですので、予備の白いものを被ったのですが、今度は料理中にフライパンの火が急に燃えあがって鼻先と耳が焦げてしまいました」

「えっ、それ模様じゃなくて焦げてるんですか!? ていうか、火事にならなくてよかったです。火傷《やけど》しませんでした？」

私は片倉さんの災難に同情した。言われてみれば、模様のある部分は少し毛がチリチリしている。彼は焦げた鼻先を指ではたいた。

「大丈夫でした。でも危ないですよね。気を付けます」

「片倉さんらしからぬ失敗ですね。私も今日は失敗続きで……この雨なのに、まだ洗濯物が外に出てるんです」

はあ、と苦笑いすると今度は片倉さんが私に同情した。

「それはまずいですね。こんなところにいて大丈夫ですか？　一刻も早く取り込みたいのでは？」

「もういいんです。どうせもう間に合わないので……それならいっそ諦めて、ここでのんびりお茶して帰ります」

結局洗い直しになるので、もう開き直ることにしたのだ。

「今朝、傘も忘れちゃって……昼から急にこの雨で、びっくりしました。夕方には止んでくれと祈ったんですが、まだ降ってますね」

私は自身の凡ミスを振り返った。

「帰りは通勤用の自転車を会社に置き去りにして、近くのコンビニで傘を買ったんです。でもこれも慌てすぎちゃって、ワンサイズ大きいものを買ってしまいました」

「なんだか重なりますね」

片倉さんが苦笑する。私はメニューを眺め、ぽつんと呟いた。

「だめな日って、なにやってもだめなんですよね。負の連鎖が起こるんですよ、不思議なことに」

「そうですねえ。今日はなぜかついてない日です。先日話した、家の近くにいる黒い猫さんにも、今日は会えませんでした」

私だけでなく、片倉さんも濡れたり焦がしたりでついていない日だったようである。

「今日は、カプチーノにしようかな。そのかぶり物見てたら飲みたくなりました」

カプチーノ色の猫の頭を見て言うと、片倉さんは棚からカップを取り出した。

「かしこまりました」

が、その直後、彼は手を滑らせてカップが落下した。私は息を呑む。カウンターでその向こうの床は見えないが、なにが起こったか容易に想像できた。カシャンッと冷たい音がして、片倉さんは肩を弾ませた。

「失礼しました」

片倉さんが箒《ほうき》と塵取《ちりと》りを持ってきて、床を掃きだす。

「カップを割るなんて……何年ぶりでしょうか」

「怪我はないですか？」

「はい。大きい音を立ててすみません」

掃き掃除をする背中がなんとも物憂げで、私もなんとなく虚しくなった。

「本当、今日はついてない日ですね」

「ええ。明日はいいことがあると信じるしかない」

片倉さんの空ポジティブがまた物悲しい。

そこへ、雨の音に交じってドアベルの音がした。扉が開いているとさああという雨音が急に大きく聞こえ、締まるとまた小さくなる。

入ってきたのは、ずぶ濡れの青年だった。ワイシャツにネクタイ、グレーのジャケットを着た会社員風の男性だ。前髪がぐっしょり濡れて垂れ下がり、前が見えていなさそうである。

片倉さんが来客の方を振り向いた。

「いらっしゃいませ。タオルをどうぞ」

片倉さんが箒と塵取りを壁に寄せて、白いタオルを手に取る。私は入ってきたずぶ濡れの客に声をかけた。

「すごい雨ですよね」

悲惨な姿を憐れむ。彼は濡れた前髪を掻きあげて頷いた。

「はい。傘が壊れてしまったので、緊急で雨宿りできそうな場所を探して……」

そして、目の前にいたタオルを持った猫男に飛びのく。

「うわああ！　猫!?」

「驚かせてしまってすみません」

淡々と応じる片倉さんにずぶ濡れの青年はしばらく絶句していたが、急に目を輝かせて濡れた手でガシッと片倉さんの両手を掴んだ。

「すごい！　まさに僕の理想そのものだ！」

「えっ……」

片倉さんの手から、はらりとタオルが落ちた。

「まさか本当に、こういう人と出会えるなんて。こんなことってあるのか！」

青年が片倉さんの手を持ってぶんぶん手を振るたびに、雨の雫が飛び散って片倉さんにぱらぱらかかる。濡れた手からも雨水が伝い、片倉さんのシャツの袖に染み込んでいた。

「ふむ、理想というのは大変光栄です」

片倉さんはまったく動じていない。手を振り払うでもなく、青年を覗き込んでいた。

「ひとまず、雨水を拭きましょうか。風邪を引かれては大変ですよ」

「ああ、喋り方まで完璧だ……！」

青年は目を潤ませて感激し、片倉さんはおとなしくそれを受けていた。私だけが、異様な出会いの光景に呆然としていた。


謎の青年は、片倉さんから新しいタオルをもらっていったん落ち着いた。

「先程は取り乱してすみません。マスターがあまりにも、僕のイメージにぴったりだったので……」

カウンター席に座って、濡れた髪にタオルを被っている。私は隣で、彼に問いかけた。

「イメージというと、なにか創作活動のようなことをされてるんですか？」

「はい。僕、こんなんですけど絵本作家を目指してて」

青年が恥ずかしそうにはにかむ。私はわあっと目を丸くした。

「絵本作家！　すごいです」

「目指してるだけで、なんの実績もありませんよ。普段は会社員で、たまに作家の新人賞に応募してみたり、出版社に持ち込んだりしてるんです。全然相手にしてもらえませんけど……」

青年は苦笑いし、片倉さんを見上げた。

「動物をモチーフにした人物をキャラクターにして作品を描いてるんです。マスターの外見は僕の作品世界の住民みたいに見えて、感動してしまいました」

「なるほど。そういうことでしたか」

片倉さんは濡れてしまった袖を捲って、私が頼んだカプチーノを差し出した。私はその仕草を眺めながら、絵本の中の世界を想像した。動物たちが人間のように暮らす世界。かわいらしくて微笑ましくて、素敵な世界だ。

青年が興奮気味に店内を見渡した。

「傘が壊れて、慌てて駆け込んだお店ですけど……マスターが猫なのに加えて、内装もすごく僕の考えている世界観にマッチしてます。すごく不思議な感じです。自分の作品世界に入り込んだみたい」

キョロキョロと見回してから、青年の目が私のカプチーノの辺りで止まった。彼は片倉さんに向き直った。

「僕も、カプチーノをいただけますか？」

「かしこまりました」

片倉さんはそれを受けて、作業を始めた。私は青年の語る聞き慣れない業界の話に興味津々だった。

「すごいなあ、絵本。私、絵が下手だから描ける人が羨ましいな」

「そんなたいしたものじゃないですよ」

青年が苦笑する。私は謙遜する彼に首を振った。

「本当に羨ましいです！　そうだ、なにか描いてみてくれませんか？」

鞄をわさわさ探り、メモ帳と、買ったばかりのボールペンを取り出した。

「普段なら鞄にペン入れてないんですど、今日はたまたま入ってました！　使ってたペンのインクが切れちゃったから、ちょうどコンビニで買ったばかりだったんですよ」

インク切れはついていない出来事だったが、そのお陰で買っておいた新品のペンをすぐに取り出せた。青年は戸惑いながらも、満更でもなさそうにペンを受け取った。

「先日描いたのは、まさに猫が主人公の作品でして」

そう言いながら彼は、さらさらっとペンを走らせて三頭身くらいの小さな片倉さんみたいな猫の男性を描きあげた。ふんわりしたタッチの、優しい絵だ。ふっくらした丸い頬が柔らかそうで、つぶらな瞳が愛らしい。

「わあっ、かわいい！　見て、片倉さん！」

私はカウンターの向こうの片倉さんに呼びかけた。片倉さんはメモ用紙に描かれた自分のそっくりさんを見てふふっと笑った。

「かわいい猫さんです。きっと素敵なお話でしょうね。読みたいです」

片倉さんが温かいカプチーノを差し出す。片倉さんが理想そのものだという青年は、片倉さんが話すたびにいちいち嬉しそうにする。

「ああ！　うう、でも、デビューできない僕の作品を、マスターに読んでいただくのは時間の無駄です……」

それから青年はまた、寂しそうな顔になった。

「それに、描いた時間も全部無駄になってしまったんです。結果が発表されるまでのどきどきしてた時間も、ストーリーを考えてた時間も、全部」

彼は険しい顔でカプチーノに口をつけた。

「じつは今日は、応募していた新人賞の結果が発表される日でして。それが、この猫を主役にしたものだったんです」

青年がカプチーノにため息を吹きかける。私はメモ紙に描かれたかわいい猫男から、青年に目線を動かした。

「そうなんですか！」

「落ちましたけどね……」

ふっと自嘲的に言う彼に、私はあら、と眉を下げた。

「それは残念でしたね」

「今回は主催の出版社の好みを調べて、ニーズを最優先で作り込んだつもりだったんだけど……いちばん小さい賞にすら引っかからなかったです」

私はその業界に詳しくないので、共感するのが難しい。

「今回はたまたま賞に入れなかったかもしれないけど、ほら、なぜかなにやってもうまくいかない日ってあるじゃない。ついてなかっただけですよ。それより、この猫が主人公のお話、私は読みたいです」

「あっ……ありがとうございます。そう言ってもらえるのは、ほんとに励みになります」

青年は恥ずかしそうにはにかんで、猫の男の隣に猫の女性の絵を描いた。片倉さんがそれを覗き込み、あっと短く声をあげた。

「マタタビさんですね」

「えっ、私？」

言われてみれば、目元の感じや服装が似ている。青年が照れ笑いで頷いた。

「そうです。あなたをモデルに描いてみました」

「すごい！　こんなにすぐに絵に起こせるなんて。観察力っていうのか、特徴を捉える力っていうのか、しかもさらさら描いちゃうのが本当にすごい！」

驚きで言葉が見つからず、私は恥ずかしくなるくらいの少ない語彙力で必死に感想を喚いた。「すごい」以外の言葉が思いつかなくて、なんと表現したらいいのかわからない。そのくらい感動した。

「ほかにも描いてみてもらってもいいですか？」

未来のプロかもしれないのに、私は図々しくせがんだ。ただの白い紙に、青年の手を通して動物たちの世界が生まれていく。その光景がおもしろくて、不思議で、引き込まれてしまう。どうにも興奮して自然と微笑んでしまうのだ。

青年も頬を緩めて、楽しそうに絵を描いた。ウサギの女の子やクマの子供など、メルヘンな世界が次々に構築されていく。胸がきゅーっとなるようなかわいい世界が、小さな紙の中に広がっていくのだ。子供の頃、夢中になった絵本を思い出す。温かくて優しくて、包み込んでくれるような、そんな世界があった。

わあわあ感嘆する私の横で、動物たちを生みだしながら、青年は微笑んだ。

「学生の頃、絵本のコンクールで小さい賞をもらったことがあったんです。ほかにも応募してみたら、小さいながらも賞に引っかかることが多くて。それで、もしかしたら自分には才能があるんじゃないかって思っちゃったんですよ」

「え！　すごいじゃないですか！」

私は芸術のことは詳しくないが、小さくても賞をもらえるというのは認められているということのはずだ。しかし青年は、ははは、と乾いた笑いで自嘲した。

「それが、本気で作家を目指してみたら、実際には自分よりすごい人なんて山ほどいるんです。勝ちたいと思って頑張ると、余計に空回る。いかに自分に実力がないか思い知らされるばかり」

彼の話を聞いて、私は黙ってカプチーノを啜った。憧れられる職業というものは、やはり人気がある分、狭き門なのだろう。

「おかしいなと思いますよ。学生の頃は調子に乗っちゃうくらい賞を頂けてたのに、本気になった途端、鳴かず飛ばず。近頃は描くこと自体にも煮詰まり気味で、筆が乗らない。たぶん、向いてないんだなって思います」

「えー。こんなにかわいい絵が描けるのに……」

メモ用紙に広がった動物たちを、私は指先で撫でた。この絵の絵本があったら、買っちゃうって思うんだけどなあ。

「僕だって、夢を諦めたくない。働きながらでもこうやって賞に応募して、持ち込みもして、チャンスを探してる。ただ、賞がもらえてた学生の頃に比べると本当に調子が出なくて、焦っちゃって」

語る青年の声は、少し震えていた。私はメモから目をあげて、隣の青年に視線を向けた。

「誰からも評価されないものなんて、いらないものだと思ってた」

そう言った青年の顔は、泣きそうなのかと思ったら、意外にも晴れやかに笑っていた。

「お姉さんのお陰で、なんでこんなに余裕がないのかわかった気がします。たぶん僕、デビューすることに固執しすぎて、あの頃より楽しんでなかったんです。お話を作ることや、絵を描くことを」

彼は自分で描いた小さなメモの中の世界に微笑みかけた。黙って見ていた片倉さんが、かぶり物の中で優しく言った。

「一時的なスランプのせいでくじけそうになるときって、ありますよね。そういうときって、案外初心に返るとまたやる気が戻ったりするものです」

「本当にそうですね。僕、今ようやく大事なことを思い出しました。僕はデビューすることが目的なんじゃなくて、喜んでくれる人のために描くのが目的なんだった。子供たちから、読み聞かせをする大人まで、皆に僕の描く世界を届けたい。デビューは、そのための手段のひとつでしかない」

青年は片倉さんの猫頭をうっとり見つめた。片倉さんが少し前のめりになる。

「描いた時間が全部無駄だったなんて、もう言わないでくださいね。その乗り越えようとして足掻《あが》いた努力も、全部あなたの身になってるんですから」

「ああ……！　マスター、僕もう一度猫を主役にして作品描きます。このお店で作業させてください」

青年は片倉さんの見た目がよほどツボだったらしく、両手で顔を覆って震えた。

「賞には落ちるわ雨には降られるわ、傘は壊れるわで最悪だったけど……だからこの店に入ったし、マスターと出会えたし、お姉さんに絵を喜んでもらえた」

青年の晴れ晴れとした顔が、私の方に微笑んだ。

「僕、今日のことは一生忘れません。いつか、恩返しに絵を描かせてください。そのときには、僕の絵だって自慢できるような作家になってみせますから」

青年の言葉に、私も釣られて頰が緩んだ。

「ついてない日も、案外悪くないですね」

私もきっと、今日のことは忘れない。

窓の外を見ると、いつの間にか雨が止んでいた。海の上の灰色の空に、うっすらと虹がかかっていた。

Episode8・猫男、支える。

九月末日。決算月の月末は、私たち経理事務員にとって一年でいちばん忙しい時期になる。ちょうど今日はそんな日に当たるのだが、忙しくなるのに備えて少しずつ事前に整理していたお陰で、案外のんびりした午前を過ごせた。

昼休み、篠崎さんが携帯にメッセージを入れてきた。

「マタタビちゃんは生まれも育ちも静岡なの？」

彼も仕事の休憩時間なのだろう。それにしても、唐突な質問である。雑談を振ってくる程度には暇なのだ。

「そうです。今住んでるあさぎ町からは車で二、三時間かかるところですけど。社会に出てからはずっと東京でした。今の会社の本社にいたんです」

返信を打つ。篠崎さんのレスは速い。

「あれ、じゃ今は転勤？」

「はい。左遷です」

素直に答えたら、篠崎さんはまたすぐに返してきた。

「大変だったんだな。辞めたくなったりしなかった？」

「しましたよ、もちろん」

私は二年前にこの町に来た日のことを思い出した。

人間関係が理由で異動させられ、ただでさえ滅入った。その上、新しい職場の上司は気難しくて先輩は怖くて、突然の左遷ということもあり周りから好奇の目を向けられた。それが結構しんどくて、逃げたくなった。

「私が辞めちゃってももっと有能な人が雇われるだろうし、転職もありかなって思いましたよ」

「でも、辞めなかったんだ」

「はい。片倉さんの喫茶店に遊びにいって、癒されて、また明日も頑張ろうって切り替えてました」

仕事のモチベーションに関しても、片倉さんにはすごく助けられた。

「偉かったね。そんな局面乗り越えてさ」

篠崎さんが労ってくれた。シンプルな文章が、なんだか少し照れくさい。

急な異動からはだいぶ日が経っていたので忘れかけていたが、そうだった。私は来たばかりの頃はこの町にいることが不本意でならなかった。だけど、ここにいたいと思える理由ができたのだ。それがあの喫茶店だった。

だから私が頑張ったのではなくて、片倉さんがすごいのだ。

「片倉さんのお陰で乗り越えられたんです」

「でも、乗り越えたのはマタタビちゃんだよ」

篠崎さんの文章が淡々と返ってくる。

「素直に褒められとけ。引き出したのは片倉かもしれないけど、頑張ったのはマタタビちゃんなんだよ」

胸がむず痒くなった。

この町にいたいと私が感じられたのは片倉さんの力であり、自分はなにも褒められるようなことはしていないつもりだった。でも篠崎さんがこうして、客観的な視点から私を認めてくれた。

しれっとした文章が無性に心地よくて、ついニヤッと笑みがあふれだす。

「ありがとうございます。今日も、決算の締日だから忙しくなる日なんですけど、篠崎さんのお言葉で頑張れそうです」

「おお、よかったよかった！」

篠崎さんが文面で笑う。

「頑張り屋さんなのはいいことだけど、あんまし無理すんじゃねーぞ」

「篠崎さんの方が大変なお仕事だと思いますが、私も小麦と一緒に応援してますね」

彼はなんだか責任の重そうな仕事を背負っている立場だ。篠崎さんは楽しげに返してきた。

「今ので俺も頑張れるよー！」

無邪気な反応が微笑ましい。ニヤニヤしながら携帯の画面を眺めていたのを、真智花ちゃんに気付かれた。

「有浦さん……さては篠崎さんですね」

「うわ、なんでわかるのよ」

「顔に出てますよ！　楽しそうなのあふれちゃってます。ずるい！」

彼女は不満げに私の横の席でむくれる。私は思わず頬を押さえた。顔に出ていたのか。

篠崎さんとのやりとりが楽しくて、つい顔が緩んでしまっていた。

真智花ちゃんはそんな私の笑みを、なにか誤解しているようである。

「自慢げに連絡取りあっちゃって。早く私にも紹介してください」

「自慢してないよ。雑談してるだけ。ていうか、ちょっと前まで真智花ちゃんの方が彼氏の自慢ばっかりしてたでしょ」

最近は不仲なようだが、数か月前までの真智花ちゃんの彼氏自慢はしつこかった。あまりしっかり聞いてはいなかったが、ほぼ毎日のように細かいエピソードを語られていた。しかし今は、別れを切り出そうかと考えるほどうまくいっていないようである。お陰で惚《のろ》気《け》話は聞かなくてよくなったが、今度は私と篠崎さんの関係に興味を持って突っかかってくるようになった。

真智花ちゃんは唇を尖らせている。

「最近、喧嘩することが多くなってしんどいんですよ。先輩の友達の友達を紹介してほしいと言ってるなんて知れたら、即行浮気扱いされて有罪にされちゃう」

真智花ちゃんの浮気心は図星だろうと思うのだが。

「あんなに彼氏さんのこと自慢してたくせに」

人の心というものは、こんなに簡単に移ろうものなのか。彼女にもいろいろあるのだろうが、なんとなく虚しくなった。

「まだ篠崎さんに、真智花ちゃんが会いたがってること話してなかったな……」

「それは話してくださいよ！　まずそこがＯＫしてくれないと、話が進まなくてこっちも別れるのを保留にしてるんだから」

真智花ちゃんのこういう計算高いところが露呈して、彼氏さんと喧嘩をするのではないか……などと、余計なことを考えた。

「そんなことより今日は決算日だから、午後は忙しくなるよ。頑張ろうね」

これ以上真智花ちゃんに付き合っていると疲れてしまうので、きっぱりと仕事のモードに切り替えた。真智花ちゃんは余計に苦い顔をした。

「決算処理嫌いですう。難しいし量多いし」

「真智花ちゃんはまだこの作業三回目だしね。慣れないよね」

真智花ちゃんは去年中途採用で入ってきたばかりで入社二年目なのだ。決算は去年の九月と、中間決算の三月の二回しか経験がない。この作業に関しては、戦力としてやや頼りないというのが現状だ。私はというと、この支社に来て三年目なので、真智花ちゃんより二回ほど多く経験がある。それでも慣れるものではなく、この時期は憂鬱になるくらい仕事量が重い。

真智花ちゃんが首を竦めて私にこそこそと小声で言った。

「しかも……園田《そのだ》さん、いつにも増してピリピリしてて怖いし」

聞こえちゃうよ、と私は口の中で注意した。私たちの直属の先輩、園田さんは私の向かいの席で、怖い顔でパソコンを睨んでいた。

園田さんは私たちよりかなり歳上のベテラン社員である。仕事はバリバリこなすが、不機嫌なことが多くてきつい物言いでほかの社員を委縮させてしまう。いわゆるお局様というやつで、ちょっと近寄りがたい雰囲気のある女性だ。真智花ちゃんは完全に怖がっており、私も転勤当初から苦手である。

決算の処理作業は主に、私とこの園田さんがメインに担当することになる。

「大丈夫、今年はわりと事前準備の進捗《しんちょく》状況がいいから、うまくいけば残業一時間くらいであがれると思うよ。今回はなぜか、売り上げが心配なくらい書類少なかったしね。さっさと終わらせちゃおう」

私は真智花ちゃんを励ますついでに、自分自身を鼓舞《こぶ》した。

早くあのお店に行きたいから、なるべく残業しないために、下準備をキチキチ進めてきたのだ。

しかし、仕事に緊急事態は付きものである。

「……えっ？」

予定どおり定時の六時には、あとは全体の締め処理をしてあがるばかりになった。残りの締めは、金額が合えば一時間も残業すればあがることができる。そんな私の目の前に突如現れた大量の書類の山。目が点になった。

「ごめんね有浦さん。うちが管理してる製造工場で、納品書が滞留《たいりゅう》してててこっちに送付されてなかった分があったんだって」

郵送物の管理をしている総務の女性が苦笑いする。

「今届いたの。でも仕入れ処理はされてるから、今期分の支出に計上してもらわないと合計が一致しなくて。申し訳ないけど、締める前にこれの処理、お願い」

高さにして三十センチはある書類が山のように積まれている。今回、処理した伝票がずいぶん少ないな、と思っていたのだ。まさか未提出分の書類が、こんなに溜まっていただなんて……。

呆然とする私に、同じく凍りついていた真智花ちゃんが悪魔のように囁きはじめる。

「明日やればいいじゃないですか。締めなんて営業本部会議に間に合えばいいんですよね？　会議は毎月だいたい十日くらいだし、それまでにやっとけば……」

しかし、そんな真智花ちゃんを園田さんが睨んだ。

「十月からは期が変わるから、営業本部会議の日が早く設定されるのよ。予定見てないの？」

「えっ、そうなんですか」

真智花ちゃんが顔を青くする。彼女は来月のカレンダーを確認し、ヒッと悲鳴をあげた。

「会議は二日⁉　早すぎです」

私は眉間を押さえて大量の書類と睨めっこした。

「稼働一日目は、二日の会議に使う会議資料の作成にほぼ一日費やすし、請求書も出さなきゃいけないから、ゆっくり締めてる暇はないわよ。明日が稼働一日目になるから、明日これを処理するんじゃ資料の作成にも間に合わない」

そうなると、この大量の納品書はすべて今日中に片付けなければならない。考えただけで、気が遠くなった。この量をこなすとなると、真智花ちゃんと園田さんがいても三、四時間はかかってしまう。

胸の中の私がぽろぽろ泣きだす。三時間も四時間も拘束されたら、ここを出られるのは夜中の十一時近くになってしまう。そんなの、『猫の木』が閉まってしまうではないか。決算処理の大仕事を終えてコーヒーでまったりひと休みしたかったのに。それを希望に今日を乗り越えようとしていたのに、それすら叶わなくなってしまうのか。

「いやだ、帰る」

真智花ちゃんが弱音を吐きはじめた。園田さんの顔がみるみる険しくなっていく。絶望的な状況を前に、私も心が死にかけた。

でも、この仕事は他部署には手伝ってもらうことはできない。作業できるのは、私と園田さん、あとは半人前の真智花ちゃんだけだ。

私は書類をひと山、真智花ちゃんに渡した。

「やるよ。一秒でも早く終わらせよう」

それを見ていた園田さんが、舌打ちしてから自分もひと山抱えた。

「焦ってミスしたら計算が合わなくなるから、絶対まちがえないで」

機嫌の悪い園田さんと、帰りたくて泣きそうな真智花ちゃん。最悪の状態で、地獄の残業が始まった。


我が社の経理の仕事は至って地味である。

請求書の発行、入金処理。それから支社の売り上げの管理、営業部や開発部なんかが発生させた支出の管理。さらには、支社の管轄になっている工場の貸借《たいしゃく》。これらを専用端末のフォーマットに入力して、取りまとめて損益を計算する。これらに加えて、商品別の売り上げや地域ごとなどのデータを算出し、会議資料を作成するのである。作成した資料は全国の支社が本社に集まる営業本部会議で使用され、その後、本社の経理部が支社から集めたデータをもとに全社分の実績資料を作成する。裏方中の裏方である。

日頃の業務はパラパラ提出される納品書の類をそのつど処理したり、ちょっとした消耗品費や接待費を管理したり、取引先からの入金を確認したりするくらいだ。だから普段なら、三人でも余裕で回せる作業量だ。

しかし月末には大量の処理を命じられる。入金も出金も多く、その取りまとめに追われてくたくたになるまで絞られる。期末の決算は、それだけでなく一年分の総合的な処理が加わる。普段の何倍もの作業を担うことになり、ぶっ倒れそうになる。

「うわあん……終わらないよお」

真智花ちゃんが泣き言を言いながらパソコンに打ち込みしている。ピリピリモードが加速する園田さんが、ギロッと真智花ちゃんを睨んだ。作業量の多さだけでも頭が痛いのに、ふたりの機嫌の悪さも私を息苦しくさせる。喫茶店に行き損ねた私も、十分凹んでいるのだが。

「黙って手を動かして」

園田さんがこれ以上不機嫌にならないよう、私は真智花ちゃんを制した。時計を見上げると、八時半を回って窓の外はすっかり暗くなっていた。どの部署も期末はバタバタするのだが、それでもこの時間にはほとんどの社員が帰宅している。今は私たち三人と大型犬っぽい雰囲気の支部長だけがオフィスに残っていた。

支部長はとても頼りがいのある上司である。どっしり構えて余計なことは言わず、ただただ寡黙に我々を見守っている。彼も期末ゆえに残した仕事があるようで、私たちを待つついでにデスクでなにやら作業をしていた。

詰まれた書類の残量を横目で見る。園田さんの仕事が速いお陰でかなり進んではいるが、それでもまだ三分の一も終わっていない。ここまで追い詰められたのは初めてだ。例年なら、いくら決算日でも九時くらいには家に着いていたのに。

同じ姿勢でいる腰の痛みや目の疲れでじわじわと精神が削られていく。

静まり返ったオフィスでは、キーボードのカタカタいう音と紙が捲《めく》れる音がやけに大きく響いて聞こえる。たまに真智花ちゃんのため息が混じるときもある。深海のような静けさの中で、ふいに、ブブブと携帯バイブ音が聞こえた。私は目だけ動かして、誰の携帯なのか探った。正面の園田さんが、打ち込みをする手をいったん止めた。ポケットから携帯を取り出す。

そして、画面を見てスッと顔色を変えた。

「……えっ……」

「どうしたんですか？」

私はパソコン越しに彼女に尋ねた。園田さんは画面を注視したまま、声を震わせた。

「夫が会社で倒れたみたい……」

「ええっ⁉」

私もピタッと手を止めた。真智花ちゃんもブンと振り向く。園田さんは、顔面蒼白で凍りついていた。

「もともと、うちの夫は体が弱いのよ。今、夫の会社に救急車が向かってるみたい。どうしよう……」

「園田さん、あがってください」

私は椅子から立ち上がった。園田さんが目をあげる。普段怖い顔をしている彼女が、まっ青な顔で戸惑っている。見ているこちらまで不安になるほどの、思考が止まったような表情だった。

私は彼女のそんな表情に、無我夢中になって叫んだ。

「あとは私と真智花ちゃんがやります！　園田さんは、旦那さんに会いに行ってください！」

「でも、こんな量はあなたたちだけではやりきれない」

書類の山に目をやる園田さんに、私は首を振った。

「やります！　何時になっても終わらせます。そんなことより、園田さんの旦那さんの方がずっと大事でしょ！」

園田さんは私を見上げて、口を半開きにして固まっていた。そこへ、ずっと黙っていた支部長が低い声を響かせた。

「園田さん、支度して。俺が車で送る」

支部長が椅子を立つ。園田さんが泣きそうな目で支部長の方を見た。真智花ちゃんもすかさず立ち上がる。

「私も体調不良ってことで、一緒に送ってもらっていいですか!?」

「真智花ちゃんは私と残業！」

私は真智花ちゃんの腕を引っ掴んで席に座らせた。園田さんがまた、こちらを振り返る。

「……有浦さん。ごめんね、ありがとう」

彼女の初めて聞く柔らかな声に、私は変に冷静になってぎょっとした。いつも睨みを利かせてくるこの人が、こんなにストレートに優しい言葉を遣った。こういっては失礼かもしれないが、新鮮である。

「大丈夫です。私より旦那さんの心配をしてください」

園田さんにそんな顔をされては、もう頑張るしかなかった。


支部長が園田さんを送り、オフィスには私と真智花ちゃんだけが取り残されていた。

「酷いです、有浦さん……なにも私を巻き込むことないじゃないですか」

真智花ちゃんは先程からずっと恨み節である。

「支部長めちゃくちゃスマートに送ってくし……私も帰りたかった」

「私だけにこの量やらせて真智花ちゃんが帰ることの方がよっぽど酷いよ……」

園田さんという最大戦力を失ってしまったのに、仕事は膨大に残っていた。まだ半分も終わっていなくて、このあと締め処理もある。あがってくれと言ったのは私だが、園田さんがいないこの状況は、修羅場を通り越してもはや地獄だ。

「なんか、最近、こんなんばっかりです」

ぽつんと、真智花ちゃんが寂しげに言った。

「仕事はむちゃくちゃだし、彼氏とはうまくいかないし。まるで私が悪いことでもしたかのように酷い目に遭ってます」

最近プライベートが充実していないという真智花ちゃんだ。疲労困ぱいの彼女は普段のきらきらしたかわいい雰囲気は封印して、萎んだ風船みたいになっていた。

こんなときに片倉さんが「差し入れですよ」とコーヒーを淹れてお菓子を持ってきてくれたらすごく頑張れるんだけどなあ……なんて、考えたら余計に虚しくなった。今日は喫茶店に寄ることも叶わない。

「もう帰りたいです。暗いし寒いし、眠いしお腹すいた。辞めたい」

真智花ちゃんがまた呟いた。

なんとなく、この町に来たばかりの頃の私と重ねた。とくにこの仕事にこだわる理由もなくて、頑張る理由もなくて。

そんなとき、私を助けてくれたのは。

「ちょっと休憩しようか」

私は椅子から立ち上がって、伸びをした。

少し立ち止まって周りを見る、そんな余裕を持つことを、教えてくれた人がいる。

給湯室で私はマグカップにふたり分のインスタントコーヒーを淹れた。それぞれ自宅から持ち込んだ私物のマグカップである。私のはニャー助似の猫のイラスト入りで、真智花ちゃんのマグは肉球柄である。

オフィスに戻って、真智花ちゃんのデスクの端にマグを置いた。彼女はお気に入りのマグを切なそうに見つめた。

「淹れてきてくれたんですね。ありがとうございます」

「限界まで行く前に、ひと休みした方が集中できるからね。これで本当に体調崩したら、元も子もないよ」

私も、自分のマグに口をつけて席に座った。コーヒーの味はお店には敵わないが、張り詰めていた緊張感にじんわり染み渡る。

「なんでこうも、うまくいかないのかな」

真智花ちゃんがコーヒーの水面にため息を吹きかけた。

「仕事は苦しい、彼氏は優しくしてくれない。今の私を癒してくれるのはシャルルだけなんです」

真智花ちゃんが飼い猫の名前を口にした。

「なんだかこのまま、本当に私、からっぽになっちゃう気がします。シャルルがいることだけが、辛うじて私の中身なのかなって……」

園田さんが穏やかな声をかけてきたときにも相当驚いたが、自信のない発言をする真智花ちゃんというのもかなりレアだ。

「シャルルが真智花ちゃんを裏切らないのは、きっと真智花ちゃんがシャルルを裏切らないからだよね」

私はインスタントのさっぱりしたコーヒーをひと口啜った。

一度、片倉さんと仕事哲学の話になったことがある。

これから冬に入ろうかという、肌寒い日だったと思う。片倉さんが店先で腰を痛め、私は彼を介抱したことがある。そのとき、のんびりインスタントコーヒーを飲みながら、片倉さんの仕事に対する考えを聞いたのだった。

「真智花ちゃんがシャルルを必要としてるのを、シャルルはわかってるんだと思うよ。それって、猫以外のことにもわりと置き換えられると思うの。仕事でも、恋でも」

あのとき私は、喫茶店を癒しに日々をなんとなく乗り越えていた。ただ、時々自分がこの職場にいる意義がわからなくなるときがあって、辞めたいような、でもそんな決心がつかないような宙ぶらりんの気持ちになることもあった。

そんなとき、私以外にも代わりがいるんじゃないかと話したら、片倉さんは「辛かったら無理しすぎなくていい」と言ってくれた。同時に、彼自身が先代マスター栗原さんの下にいたときの話をしてくれた。

「必要としてくれる人の役に立ちたくて頑張るから、仕事が自分を必要としてくれる。好きだから大切にしたいって気持ちがあるから、好きな人もそれを返してくれる。絶対成立するとは言い切れないんだけど、そうなるのが理想的でいちばん正しい形なんだと、私は思ってる」

真智花ちゃんのお陰で思い出した。

仕事との向き合い方、人との向き合い方、どちらもこちらが真剣な姿勢を見せればきっと応えてくれる。応えてもらえなかったとしても、努力はほかの誰かがかならず見ていて、認めてくれるにちがいない。

「でも、会社はシャルルみたいにかわいくないし、彼氏は余計なことまで勘ぐる……」

真智花ちゃんが世知辛い正論を零した。私はあははと空《から》ポジティブで返した。

「それはもう、楽しむのが勝ちかな」

片倉さんはあの日、仕事が億劫なときにはお客さんのことを思い浮かべて、「今日はなにが起こるかな」と楽しむのだとも話してくれた。

「こんな合宿みたいな残業、年に一度あるかないかだよ。終わらせたら自慢できるよ」

「有浦さんの空元気に私を巻き込まないでくださいよお……」

真智花ちゃんはまだ口では泣き言を言っていたが、コーヒーを置いて再び画面に向き合いはじめた。

「言いたいことはわかりましたけどね……。こっちが大事にしていないのに相手にばっかり大事にしてもらおうと思うなんて、虫のいい話だってことですよね」

「そういうことね。逆に、これで会社が私たちになんの手当ても出さなかったらブラックだから転職してやろうね」

無理しないのとやる気がないのはちがうのだ。

会社の一員として、越えられる壁は越えていく。そうすることで、会社は私を必要としてくれる。

ふいに、篠崎さんからのメッセージを思い出す。「乗り越えたのはマタタビちゃんだよ」と、彼は私に言った。そんなことを考えたとき、また携帯のバイブレーションが静かなオフィスの空気を震わせた。今度は、私の携帯だ。

「なっ……まさか、有浦さんも帰っちゃうんですか」

真智花ちゃんが条件反射で青い顔をする。私も何事かと思ったが、ただ篠崎さんから「電話していいか」とメッセージが入ってきただけだった。時間を見ると、いつの間にか九時半を回っている。いつもなら、小麦の状況報告をしている頃だが、今は席を離れて電話ができるような状況ではなかった。

「有浦さんばっかり充実しててずるいです」

彼女は誰からの連絡なのか察している。恐ろしく勘の鋭い人だ。

「いいから、仕事進めちゃおう！」

そう話を打ち切ると、携帯を鞄に放り込んでから自分のデスクに向き直った。

それから何時間か粘《ねば》り、途中から園田さんを送って戻ってきた支部長も書類の整理などを手伝ってくれて、ついに私たちは決算日を乗り越えた。

「終わった……」

立ち上がって叫びたい気分だったが、体がくたくたに重くて大きな身振りができなかった。真智花ちゃんはもうデスクに頬を貼り付けているし、支部長は早くも帰り支度をはじめていた。

　時計を見るともう夜中、十一時を過ぎていた。先程、返信もせずに放置してしまった篠崎さんからのメッセージを思い出し、携帯を持って休憩室に向かった。

　電話をかけると、呼び出し音が二回鳴ったあと、すぐに篠崎さんが出た。

「どうも！　マタタビちゃん、今日はどうしたの？　もうすぐ帰れるよ！　小麦はとくに変わらない？」

「もしもし、すみません篠崎さん、ちょっと今日はまだ会社にいまして……小麦の様子が確認できてないんです。朝は元気に紙袋で遊んでましたよ」

　電話を耳に当てて言うと、篠崎さんはえっ、と聞き返した。

「なにそれ、こんな時間まで残業してるの？　帰り道が危ない」

「そうなんですけど、やむを得ない事情がありまして……帰ったらちゃんと小麦にご飯あげるので、心配しないでください」

「今俺は小麦の話をしてるんじゃない！　マタタビちゃんの心配をしてんの！」

　電話口で、篠崎さんが声を尖らせた。少しびくっと肩を竦ませる。篠崎さんはまた、怒ったような口調で言った。

「なにかあったらどうすんだよ。迎えに行ってもあげられないのに」

「心配かけてごめんなさい。家近いので大丈夫です。タクシーもありますし」

「まあ、それなら……」

篠崎さんがようやくおとなしくなった。

「あんまり不安にさせないで」

「ごめんなさい。気をつけて帰りますね」

「うん。怒ったりして悪かった。お疲れ様」

篠崎さんとの通話が切れる。私はふう、とため息をついた。

オフィスに戻ると、支部長が帰るばかりの格好で携帯を耳に当てていた。

「はい、もしもし。ああ、そうか、よかった」

支部長は淡々と話し、私に歩み寄ってきた。それから自身の携帯を、ずいっと私に差し出した。

「有浦さん。園田さんから」

私は息を呑んで、支部長の携帯を受け取った。耳に添えると、園田さんのキリッとした声が流れ込んできた。

「有浦さん。こんな時間までお疲れ様。無事に金額合ったそうね」

「はい……園田さんこそ、大変でしたよね。旦那さんはどうですか？」

慎重に尋ねると、いつもの怖い先輩はふふっと柔らかに笑った。

「さっき目を覚ましたわ。過労だったみたい。しばらくは入院するけど、すぐによくなりそうよ」

くたっと、私は全身の力が抜けた。

「よかった。お大事にしてくださいね」

「ええ。あなたたちには大変な思いさせちゃったわね。お陰で助かったわ」

園田さんがめったに聞けない優しい声を出す。

「有浦さんは本当に変わったと思うわ。来たばかりの頃は、死んだ目をしててやる気もなかったのに」

「あはは……そうですか？」

「でも一年経った頃には周りが見えるようになってたし、それからもどんどん前向きになってると思う。私はちゃんと見てるんだからね」

こんなの、普段なら絶対に聞けない。やっぱり、自分が変われば周りもちゃんと見てくれる。距離を置きたくなるような怖い先輩だって、こうして私を見てくれていたのだ。

「今度お礼にお菓子を買っていくわ。桃瀬さんにも代わって」

「はい。真智花ちゃん、園田さんが電話くれたよ」

私は支部長の携帯をデスクで潰れる真智花ちゃんに手渡した。

「数日もしたらまた怖い先輩に戻るくせに……」

真智花ちゃんは口では悪態をつきつつも、電話を受け取った。

窓の外は真っ暗で、町も海も見えない闇に飲まれていた。高いところにぷつぷつと星が浮かんでいるのが見える。ガラス窓に映り込んだ私の顔は、げっそり疲れていたが達成感でやや緩んでいた。

片倉さんの声が聞きたいな。

さすがにこんな時間に電話はできないので、ロック画面にしたお気に入りの写真だけ眺めて我慢した。

Episode9・猫男、調節する。

「そんなことがあったんですか。それはそれは……お疲れ様でした」

翌日、私は一時間の残業のあとで転がり込むように『喫茶 猫の木』を訪れていた。

「知っていれば僕がお迎えに行きましたし、コーヒーとお菓子を差し入れに行ったのに」

まるで昨日の一瞬の妄想を見抜かれたみたいな発言で、思考が止まった。

締め処理が完了したあと、私と真智花ちゃんは支部長の車で家に送ってもらった。突然の深夜残業は酷い目に遭ったとは思うが、女王園田さんの意外な一面に触れることができた。文句を言いながらも頑張ってくれる真智花ちゃんも見直した。彼女にとっても、いい経験になったはずだ。

帰ったら、ニャー助と小麦がふたりして玄関で丸くなっていた。もしかして心配して待っていてくれたのかと、思わず二匹とも抱きしめた。が、お腹が空いたから待っていただけだったようでニャー助には手を噛まれ小麦にはパンチされた。心無い反応も、猫ならかわいい。

シャワーを浴びたらすぐに泥のように眠り、朝になったらまた会社に向かう。膨大な情報量の会議資料を作成して、請求書を発行し、ようやくまた『猫の木』でのんびりする時間を取り戻したのである。

「遅くまで作業してると、お腹空くし眠くなるし、私はなんのためになにをしてるんだろうって思えてくるときがあるんですけどね」

私は片倉さんに入れてもらったミルクココアに口をつけた。決算の処理に溺れた、昨日の長い夜を振り返る。

「インスタントのコーヒー飲んでたら、前に片倉さんが言ってたこと思い出して。同じく疲れ果ててた後輩に受け売りで話したら、彼女も少しやる気を取り戻してくれたんです」

「僕、なにかそんないいこと言いましたっけ？」

片倉さん本人はこのくらいの感覚のようだが、私はこの人の言葉を忘れたりはしない。この人のお陰で、仕事への態勢を変えられて、だから支部長も園田さんも私を認めてくれたのだと思う。

片倉さんは猫の頭をふわふわさせて笑った。

「マタタビさんのお力になれたのならとっても光栄ですよ。僕も楽しく仕事をする気になります」

そういうところです、見習いたいのは。と言おうとしたが、口にココアが入っていたので言えなかった。片倉さんがご機嫌に続けた。

「頑張ったマタタビさんにはなにかご褒美を差しあげたいところですね！　お好きなものをご用意しますよ」

「本当に⁉　やったあ、やり抜いてよかった！」

私はココアを飲み込んで目をあげた。

「どうしよっかな。なにをお願いしようかな。なんでもいいですか？」

「かぶり物を外すこと以外なら」

しっかり予防線を張ってきた。片倉さんが楽しそうにかぶり物を両手で押さえる。

「思いつかなければ、今決めなくてもいいですよ。ご褒美権はお好きなときに行使してください」

「よし、考えておきます」

いつなにに使うか、今からわくわくする。新メニューを作ってもらおうか、はたまたなにか特別なコーヒーを淹れてもらおうか……。

「しかしまあ、あまり遅くまでお仕事をなさるというのは感心しませんね。上司さんが送ってくださったというからいいものの、深夜におひとりで帰るとなったら危なくて仕方ないですよ」

片倉さんが篠崎さんと同じことを言った。

「いくら平和で静かなあさぎ町でも、気を抜いてはいけませんよ」

「篠崎さんもそんな心配してくれたんですよ。半分怒ってました」

「当然です。篠崎くんは遠くにいてどうすることもできない分、もどかしかったんだと思いますよ」

片倉さんがやんわり私を窘めた。そうか、篠崎さんには心配させたことをもう一度謝っておこう。携帯を取り出して、改めて謝罪のメッセージを打ち込んだあと、私は再び片倉さんを見上げた。

「そういえば、篠崎さんもうすぐ帰ってきますね。来週ですよね」

壁にかかったカレンダーを振り向き、片倉さんは頷いた。

「そうですねえ。結局猫アレルギーは完治しそうにない」

「あれからどうですか。健康的な生活は続いてます？」

「だんだん崩れてきていますが、疲れを溜めないようにはしています」

ニャー助をきれいにするとかなり改善される、という明らかな結果が出た今、片倉さんのアレルギー対策には希望が見えている。部屋のまめな掃除や空気の清浄を心がければ、片倉さんも猫と暮らせるようになるかもしれない。

「篠崎くんも久しぶりに小麦に会えますねえ」

片倉さんがのほほんと柔らかい声で言う。

小麦を預かった一か月ちょっとの期間は、長いようで短かった。ニャー助との関係も改善され、そこそこお互いを認めるようになってからは平和な日々だったと思う。篠崎さんとの電話も楽しかったし、懐っこい小麦はかわいい。最初はどうなることかと思ったが、今ではすばらしい時間だったと思う。

篠崎さんが戻ってくるといえば、彼に会いたがっている人がいるのだった。私は彼女のことを思い出し、切り出した。

「真智花ちゃんが篠崎さんを狙ってるって、以前話したじゃないですか。結構本気で、篠崎さん次第で今の彼氏さんとのお別れを考えてるみたいなんですよ。篠崎さんって、そういうの嫌ったりしますか？」

本人にいきなり言う前に、友人である片倉さんに聞いてみた。片倉さんはうーんと腕を組んだ。

「篠崎くんは基本、女性に甘いので喜びそうな気がしますねえ」

「やっぱそうなの？」

「いつだったか、女性を紹介してほしいと言ってたこともありましたよ。新しい出会いは彼にもいい機会になるのでは」

女性の方が篠崎さんに寄ってきそうなのに、彼の方も求めているのか。ならば真智花ちゃんと顔を合わせるのも悪くないのかな。真智花ちゃんが現在の恋人とちゃんと別れたわけではないというのが気がかりだが。

一度は肯定的だった片倉さんだが、あ、と呟いてピタッと動きを止めた。

「でも今はどう感じてるか、わかりかねます。僕がその話を受けたのは出会ってすぐのことなので、もしかしたら最近は誰か、意中の人ができたかもしれませんからね」

「そんな気配があるんですか？」

私はココアを口元で傾けて聞いた。片倉さんは少し首を捻っただけで、詳しくは言及しなかった。

篠崎さんと私は、そこまで立ち入った話はしていない。あの人は私に対してかわいいとかきれいだとか言うが、彼の性格を鑑《かんが》みるとおそらく誰にでも言っている挨拶のようなものなのだろう。深い意味はない。あったら困る。

「私が聞くのも野暮なんですが、片倉さんと篠崎さんって女の子の話題で盛り上がったりするんですか？」

ちょっとした好奇心で聞いてみたら、片倉さんは咳払いして答えた。

「お互いに深くは詮索しませんよ」

ちょっと篠崎さんが羨ましい。この謎に包まれた猫男の私的な部分を浅くでも踏み込めるのは男友達という立場だからこそだ。まあ、篠崎さんからしてみれば謎の猫男ではなくて素顔を知っている普通の友達なのだろうが。

とりあえず篠崎さんには、真智花ちゃんが会いたがっていることは伝えてみて、篠崎さんの方も興味を示すか反応を見てみよう。

甘いココアを飲んで、窓の外の海に目をやった。冬が近づいてきて、海の色もやや冷たい色に変わった気がする。日没が早くなったせいか、水平線がずいぶんと暗く掠れていた。


翌日、営業本部会議で管理職の社員は皆して本社に出かけてしまった。真智花ちゃんが朝からどんよりしていた。あまりの化粧乗りの悪さに驚く。真智花ちゃんにいつも冷たい態度の園田さんでさえも、少し気遣うほどだった。

「真智花ちゃん……なにかあった？」

昼休みにそっと尋ねてみた。いつもの真智花ちゃんなら「聞いてくださいよー！」と泣きついてきそうなものなのだが、この日は相当めげていたのか、そんな元気もない。

「有浦さん、私……」

真智花ちゃんのどろりと生気のない目が私を捉える。

「私、信頼できないですか？」

ストレートな質問が飛んできて、私はぷつっと絶句した。

信頼がない、とは言わないが、正直そのあざとさのせいで内心でなにを考えているかわからないときはある。社会人としても半人前。女であることを武器になにかと人を惑わせてきているのもわかっている。

余計な考えを巡らせて言葉を詰まらせたばかりに、真智花ちゃんはふふっと薄暗い微笑を浮かべた。

「黙っちゃったってことは、信頼できないんですね」

「ち、ちがうよ……信頼できないんじゃなくて、なんていうか……」

なにかフォローしようと思ったのだが、結局うまい言葉が思いつかなくて、私は夢中になって濁した。

「誰かにそんなこと言われたの？」

「言われたんじゃないんですが、たぶん思われてます。彼氏に」

下を向いた真智花ちゃんを前に、私は思わず唸った。自業自得……。〝かわいい〟を演出するためにいろいろと作り込んでいる彼女は、それがばれたらこういうことになるのだ。

「真智花ちゃん、よかったら一緒にお昼行こうよ」

本音を言うと面倒だったが、この凹み方はさすがに話を聞いてあげた方がよさそうだ。私は鞄を持って、彼女を外へ連れ出した。


会社のビルから五分くらい歩いたところにある、チェーン店のカフェでお昼休憩をとることにした。

本当は、『猫の木』に連れていって片倉さんに聞いてもらおうかとも考えた。だが、私はやはりあの店を私の隠れ家にしておきたくて、会社の人には教えたくなかった。それに真智花ちゃんが、片倉さんと仲良くなってしまったらちょっといやだ。

「会社で話すよりこういうところの方がいいよね。それで、なんで信頼されてないなんて思ったの？」

私はキノコのパスタとサラダのセットを頼んで、真智花ちゃんに尋ねた。彼女も同じものを選び、はあ、と大きなため息をついた。

「この前、本社の高野さんと会ったじゃないですか。彼氏にその話をして、近いうちに飲みに行くつもりってことも言ったんです。そしたら、『それ本当に会社の人？』とか『本当に女性だけ？』とすごく疑ってきて。浮気なんかしてないよって答えたんですけど、『しそうだから信じられない』って」

実際、その人と別れてほかの人に乗り換えようかなどと考えている真智花ちゃんだ。彼氏さんがそんな心配をするのもわかる気がする。

真智花ちゃんの日頃の行いのせいだと言いそうになったが、なんとか飲み込んで言い方を変えた。

「真智花ちゃんがかわいいから、ナンパされないか心配なんだよ、きっと」

「それにしたって、すぐに怒るんです」

真智花ちゃんがお冷を口にする。

「高校の同窓会も、会社の飲み会も、ただ友達と遊びに行くだけでも、全部勘ぐられるんですよ。面倒くさくて言わずに出かければ余計に怒られるし。私は自由に出かけることもできないの？」

「なにそれ！　そんなに厳しいの？　小っちゃい男ね」

私は思わず、歯に衣着せぬ物言いで反応してしまった。

真智花ちゃんの性格が彼を不安にさせるのもわかるが、さすがにちょっと束縛が強い気がする。真智花ちゃんが彼に嫌気が差してしまうのも納得だ。私だったらそんなの耐えられない。私がノラ猫気質だからかもしれないが、ペースを乱されるのは嫌いなのだ。

真智花ちゃんは長い睫毛を伏せて、お冷をテーブルに置いた。

「私だって、彼が私の知らないところで知らない女の子と仲良くなってたらやだなって思います。でも、これだけ私にぞっこんなら大丈夫だろうと思ってるので出かけるのを止めたりしないです」

自分で自分にぞっこんだとか言ってしまうあたり、真智花ちゃんは自信家である。

「最初は、寂しがり屋でかわいいな、くらいに思ってました。でも途中からうるさいなあって思うようになって。最近は……そんなに束縛しないと不安なくらい、私は信頼されてないのかなって考えるんです」

なるほど、たしかに、大丈夫だと信じていれば自由にさせてくれるはずだ。こんなに束縛されなければならないほど信頼されていないのか、という結論に至って、傷ついてしまったのだ。

「彼は真智花ちゃんが離れてくのが怖くて束縛して、真智花ちゃんはそれがいやだから離れてく……っていう、悪循環に陥ってるのね」

「そうなんです。もう少しほっといてくれれば、私も彼にぞっこんで、離れるようなことは考えなかった」

真智花ちゃんがまた、深いため息をついた。テーブルにサラダが運ばれてくる。メニューの写真では艶のある瑞々しいトマトだったのに、実物は結構小さくてしわしわしていた。まるで今の真智花ちゃんだ。いつもは眩しいくらいきらきらしているのに、実際に今私の目の前にいる彼女は輝きを失って見える。

なにかアドバイスをしてあげるべきだ。しかし、私自身そんなに恋愛経験がなく、どうしたらいいのかわからなかった。そんな子供っぽい男性なんて、無理に付き合うことはない……なんて、破滅させるような言葉しか思いつかない。

　片倉さんのところに連れていくべきだったかな。そんな小さな後悔を胸に、私はフォークでレタスを丸めた。

「食べよっか。ごめんね、なにも言ってあげられなくて」

「いえ。こっちこそ、顔に出しちゃってごめんなさい。仕事中は切り替えようと思ってたんですけど……」

なんだか気まずくなってしまい、私は中途半端に猫の話題を出したりしてその場を乗り切った。


「やっぱり、かわいい子を彼女に持つと不安になるものなのかな」

帰りに片倉さんのもとに立ち寄り、私はシンプルなレギュラーコーヒーを頼んでいた。

「かわいいだけじゃなくミーハーだから、そりゃ不安にもなるか。そのへんどうなんですか、片倉さん」

本人を連れてはこなかったくせに、私は名前を伏せる形で片倉さんに真智花ちゃんのことを相談した。彼はコーヒーを作りながら、無表情の猫顔でこちらを見つめた。

「不安かもしれないですねえ……僕だって、マタタビさんがもっといいお店を見つけてここに来てくれなくなったら寂しいです」

「そんなことしませんよ。それを言ったら私だって、知り合いにこのお店を紹介して片倉さんが私よりそっちと仲良く話してたら寂し……」

言いかけて、そうか、と頭を抱えた。そうか、そういう感覚なのか。

真智花ちゃんの彼氏さんはそれをこじらせてしまったのだ。そしてその寂しさを、真智花ちゃんに押しつけてしまったのだ。

片倉さんが私の前にコーヒーを差し出した。

「お知り合いにそのような方がいらっしゃるのですか」

「そうなんです。恋人の束縛が強すぎて、信頼されてないのかなって落ち込んでる人がいます」

かくいう私もその真智花ちゃんに片倉さんを取られてしまわないかと思って連れてこなかった。私も真智花ちゃんと片倉さんを信頼できていないのかもしれない。

「きつすぎる嫉妬は子供っぽいですよね。『行ってらっしゃい、楽しんできてね』と送り出せる余裕があった方が、かっこいいのに」

半ば自分自身に言い聞かせるように、口に出した。

「そうですねえ……反省します」

なぜか片倉さんが反省した。私はコーヒーカップを口の前で止めた。

「片倉さんは、お客さんがほかのお店に出かけても報告しろなんて言わないでしょ」

「それは言いませんけど……マタタビさん、篠崎くんがご迷惑おかけしてませんか？」

言いにくそうに聞いてきた片倉さんに、私はぷっと噴きだした。

「そっちですか！　そんなこと気にしてたんですか？」

「マタタビさんのことも篠崎くんのことも信頼はしています。でもマタタビさんは鈍感だし篠崎くんはチャラいから、小麦さんをきっかけに必要以上に仲良くなっていないか気になることはあります」

片倉さんはやはり言いにくそうに、しかしはっきりと私のことを「鈍感」と言って腕を組んだ。

「仮におふたりが、友人以上の関係になったりしたら……僕は自分がどんな気持ちになるか、想像できません」

片倉さんがこんなことを言うのは珍しいので、なんだか頬が熱くなってしまった。コーヒーカップで口元を覆い、私は猫頭から目を逸らした。

「ないと思うので……考えなくていいです」

「ふふふ。冗談ですよ」

片倉さんが急にいつものまろやかな口調に戻る。なんだかずるい手法だ。

「何事にも百パーセントはありません。信頼はしていても、万が一にでも、なにかあったらと思うものです。それがたとえ一パーセント未満の可能性だったとしても、そうなってしまうのがいやだと思えば、回避したい気持ちが強くなるのも当然で……」

片倉さんは穏やかに、組んだ腕を解いてカップを手に取った。

「しかしながら、マタタビさんのおっしゃるとおり子供すぎるとかっこわるくて、〝万が一〟の確率をあげることに繋がってしまう」

　私はコーヒーの絶妙な苦みと酸味を味わいながら、黙って聞いていた。片倉さんの言うことは的を射ている。真智花ちゃんは彼が子供すぎるから、彼が回避したい〝万が一〟の確率をあげ、離れることを考えはじめてしまったのだ。片倉さんは、手に持ったカップを暇そうに磨いた。

「束縛してしまう人というのは、自分も〝好き〟という感情に縛られているのかもしれませんね。周りが見えなくなってしまうくらい、相手のことが好きで好きで仕方ないのかも」

「周りが見えない、相手の気持ちを考えない、自分の〝好き〟を押しつける。それってやっぱり、子供っぽいです」

「そうですね。それじゃかっこわるいよって、本人に気づかせてあげるのが優しさだったりして。お互いを育てるのも、恋愛ですから」

「そっか。愛があるなら、よりいい男に、いい女に、お互いに育てるんですね」

　人として成長させること。それもきっと、愛情のひとつなのだ。真智花ちゃんは理想的なかわいい女性でいようとするあまり、彼を甘やかしすぎてしまったのかもしれない。

　私がこの店に来るようになって、仕事との向き合い方が変わったのも、人に対して柔軟になったのも、片倉さんや彼のもとを訪ねてくるお客さんたちの価値観に触れたからだ。今もひとつ、大切なことに気づかせてくれた。片倉さんの言うようにまさに私も〝育てられている〟ということなのだ。

片倉さんは磨いたカップを棚に戻した。

「とはいえ、ひとり占めしたいくらい好きだって思ってもらえるのは、嬉しいことでもありますよね。コーヒーが濃すぎるのも薄すぎるのもおいしくないのとおんなじで、バランスが大事なんだと思います」

私はコーヒーをひと口、口の中に流し込んだ。シンプル且つ深い、調和のある味わいが舌にほどよい刺激を与えてくる。片倉さんはかぶり物の中でふふっと照れ笑いした。

「僕は今、マタタビさんがこの店を大事にして秘密の場所にしてくれているのが嬉しいです。集客してくれないのが嬉しいなんて、店主としておかしなことを言ってるのは承知ですけどね。僕もまた、ここがあなたにとって大事な場所であってほしいと思ってしまうんです」

私はまた、カップを唇で止めて固まった。そのへんは、相思相愛。言葉にするには恥ずかしすぎて、コーヒーで流し込んだ。

翌日の朝、エレベーターの中で真智花ちゃんと一緒になった。まだ悩んでいるのか、目が死んでいる。

「彼氏さんとは、まだ仲直りできてないの？」

「はい。もう別れちゃおうかな」

ふう、と壁にもたれる彼女の横に、私も背中を預けた。

「彼氏さんは真智花ちゃんのことが好きで好きでたまらなくて、だからわがまま言っちゃうんだって……」

「困ります。私はそんな愛され方なら別れたいです」

真智花ちゃんが珍しくもっともなことを言った。私は片倉さんの受け売りで、言葉をそのまま真似た。

「お互いを育てるのも、恋愛です」

「ん？」

真智花ちゃんが怪訝《けげん》な顔をする。私は引き続き、昨日の喫茶店での光景を思い浮かべた。

「素敵な大人に育てるのも、恋人の役割なんだって。私も昨日、教えてもらったことなんだけどね」

「そんなの、私の役目じゃないです。親じゃないんだから」

「真智花ちゃんもミーハーでふらふらしてて、子供っぽいのよ。だからお互い、疑心暗鬼になっちゃったんじゃない？」

厳しい言葉を遣うと、真智花ちゃんは図星みたいな顔をして黙った。

「出会った頃のこと思い出して、もう一度話しあってみたらどうかな。それでも見切りをつけるって言うなら、止めない」

「……なんなんですか。知ったような口利いて」

おいおい、私は仮にも先輩だよ、と言おうとしたが、その前に真智花ちゃんはこくんと頷いた。

「でもわかりましたよ。ちょっと、私の方が大人になってあげます。冷静に話してみて、どうするかはそれから考えます」

エレベーターが止まり、扉が開いた。私は壁から背を離し、扉に向かって足を進めた。真智花ちゃんが背後から声を投げてくる。

「でも篠崎さんには、私のこと話してくださいね」

「そういうガツガツしてるところが不安を煽るのよ」

わかっているのか、わかっていないのか。そういえば、篠崎さんにこの子のことを話すのを、また忘れていた。

仕事が終わって『猫の木』に寄ろうとしたが、今日は定休日ということを思い出した。商店街でキャットフードを買い、自転車のカゴに乗せ、坂道をふらふら上って帰った。

「ただいま」

玄関を開けると、ニャー助と小麦が一緒に座っていた。

この子たちはあまり喧嘩しなくなった。むしろお互い、無意味に隣にいることすら多い。じゃれるでもなく、ただ隣にいるのだ。

小麦がにゃーんと甘えて、私の足元に擦り寄ってきた。最近の小麦は、来たばかりの威嚇していた頃からは考えられないくらい馴染んでいる。逆にニャー助は、小麦が私に甘えているると遠くへ行ってしまう。後輩に譲っているのかなんなのか、引いてしまうのだ。今も、小麦が私に擦り寄ったらトコトコ歩いて奥の部屋に消えてしまった。しかし小麦が私から離れると見計らったように戻ってきて甘えるので、私が嫌われたわけではないようである。

重たいキャットフードをもたもた運んでいたら、半開きだったドアの隙間からなにかがヒュッと入り込んできた。私はびくっと肩を竦め、小麦はそれを目で追った。

赤いトンボだ。

「わあ！　びっくりした」

思わず声をあげてからトンボを追い出そうとキャットフードを床に置いたのだが、小麦の方が素早かった。ブンブン動くトンボを前に、狩りのスイッチが入ってしまい、しなやかに駆け出して追いかけ回しはじめたのだ。

廊下を駆け抜けリビングに飛び込み、棚に飛び乗りソファを飛び越え、恐ろしく俊敏に動き回っている。トンボの方も慌てて飛び回り逃げ惑う。そのうちニャー助も参戦するのではと思いきや、目線で追いかけているだけでおとなしく水を飲んでいた。

小麦は目をまっ黒にして飛び回っている。

「こらこら！　危ないからやめなさい」

大声で気を逸らそうと試みるも小麦はトンボに夢中で反応しない。やがて小麦は一メートル近い高さのジャンプで、空中を飛んでいたトンボを口で捕まえた。止まっているところを捕まえるならわかるが、飛んでいるのを捕らえたのには拍手を送りたくなる。そして小麦は、まだバタバタしているトンボを咥えてこちらに持ってきた。

「すごい。狩りがうまいのね」

小麦はボスへのプレゼントのつもりで私にトンボを献上してくれたが、トンボはまだ生きている。いったん小麦からトンボを預かり、外へ放した。幸い致命傷は受けなかったようで、トンボはブーンと秋の空へと飛んでいった。

小麦はもとからこういう性格なのだろうか。だとすると、猫じゃらしで遊ぶ時間をもっと持った方がいいのか。篠崎さんに確認してみようと思い、メッセージを入れておいた。

しばらくすると、文字を打つのが面倒だという篠崎さんが電話をかけてきた。

「なに、小麦がトンボ捕ったの？」

「そうなんですよ。猫じゃらしで運動する時間は、今までどのくらいだったのか教えてほしくて」

私はソファに座ってクッションを抱えた。小麦のあのパワフルな動きは、並大抵の遊び方ではない。篠崎さんは真面目な口調で答えた。

「ばれたか。一度家の中にヤモリが入ってきて、そのときの小麦の反応がすごかったからさ。俺の体力づくりも兼ねて、週一くらいででっかい猫じゃらし振り回して追いかけっこしてた。マタタビちゃんはそこまでしなくていいからな」

「だからあんな野性的な動きを……。狩りが上手でびっくりしました。ニャー助はのんびり目で追ってるだけだったので、余計に驚きました」

なんとなく、片倉さんが小麦のことを篠崎さんに似ていると言っていたことを思い出した。活発な動き、狩りの習性。やはり似ている。

「そのトンボ、プレゼントしてもらいましたよ。逃がしましたけどね」

苦笑いすると篠崎さんは電話の向こうで謝った。

「ごめん。悲鳴あげたくなるよな、それ」

「まあ、もっといやな虫だったら叫んでたかも」

私はトンボが消えていった窓の方に顔を向けた。

「たしか、虫とかネズミとかを捕まえてくる猫を、叱っちゃいけないんでしたよね。猫の方は、贈り物してるつもりだから、なんで怒られたのかわからなくてストレスを感じちゃうんだそうで」

実家のキジトラがよく虫を捕まえていた。地元があさぎ町よりもっとド田舎だったせいで大きな虫やイモリやヤモリがしょっちゅう現れ、猫がそれをハントするのである。子供の頃は驚いたが、そのお陰で小麦がトンボを持ってきても叫ばずにすんだ。

「ニャー助は狩りしないの？」

篠崎さんの素朴な疑問に、私も首を傾けた。

「そうなんですよ。ニャー助はどっちかというと、動くものが入ってきてものんびり見てるだけのことが多いです。たまにスイッチが入って追いかけることもあるんですが、鈍くさいのか捕まえられなくて」

　そこがニャー助のかわいさのひとつでもある。

　なんだか、そんなふうにゆっくり観察して放任している姿は片倉さんを彷彿《ほうふつ》させる。悩んでいるお客さんの話を聞いて、背中を押して、最後は外に放す。解決するのはあなた自身ですよと、距離を保っているような感じ。似ているような全然ちがうような変なたとえだが、なんとなく重なるものがある。顔が似ているからなのかもしれないが。

「マタタビちゃん、この一か月本当にありがとう。もうすぐ帰るから、あと少しだけ小麦のこと、よろしくな」

　篠崎さんが丁寧に言った。私は足の先でこちらを見つめている小麦に目をやった。

「いえ。こちらこそ、小麦がいい子でかわいくて楽しかったです。篠崎さんにもお世話になりました」

　小麦がソファに飛び乗ってくる。膝の上に上ってきて、ごろんと伏せた。

「あっ、そういえば先日は心配をおかけしてすみませんでした。片倉さんからも、遅くまでの残業は心配だって言われちゃいました」

　小麦の背中を撫でながら、改めて謝った。篠崎さんはうん、と穏やかに返した。

「ああ、うん。俺もギャーギャー取り乱して悪かったよ。マタタビちゃんだって好きで深夜残業してたわけじゃないのにね」

それから彼は楽しそうに続けた。

「でもさ、大事な大事なマタタビちゃんになにかあったらと思うと不安で眠れなくなっちゃうだろ。よかったよ何事もなくて！」

「なんですかそれ！　そういうの、誰にでも言ってると本気のときに気づいてもらえませんよ」

篠崎さんの軽さを笑って窘める。小麦がゴロゴロ喉を鳴らし、目を瞑った。

ちらっと、片倉さんの妙な心配が脳裏をよぎった。「仮におふたりが、友人以上の関係になったりしたら、僕は自分がどんな気持ちになるか、想像できません」なんて、片倉さんらしからぬ発言が出ていた。あんなことを言われたら、私も少し意識してしまう。

私は慎重に、電話の向こうに問いかけた。

「篠崎さん。いちおう確認なんですが、それ本気じゃないですよね？」

篠崎さんは、ん、と小さく呟いただけだった。私の小麦を撫でる手が、ピシッと止まった。

「冗談、で、いいんですよね？」

「俺はいつだって大真面目だよ。想像以上に小麦を大事にしてくれるから、本当いい人だなって、どうしても惹かれるし」

どき、と心臓が止まりそうになった。

そうやってサラッと言うから、深い意味はないんだと思った。

いちいち真に受ける方がバカなのだと思って、私は受け流しつづけていた。

「お、焦ってる？　かわいい」

篠崎さんが電話の向こうでニヤついているのがわかる。

「ちょ……ねえ、他意はないんですよね？」

「明後日、帰るのが楽しみだなあ」

篠崎さんはそこでいったん、言葉を切った。

「お土産持っていくね。おやすみ」

通話は、そこで切れた。私は呆然と、耳に携帯を当てたまま固まっていた。小麦が大きな目で私を見上げている。

片倉さんの憂いがよみがえる。まさか、彼の言ったとおりだったのか。私は鈍感だったのか。もしかして片倉さんは、とっくに感づいていたのだろうか。私が鈍感すぎて、気がつかなかっただけで。

思い起こせば、心当たりはある。やたらと私を褒めたり、深夜の残業を心配してくれたりもした。もっと遡れば、「好き」という言葉すら出た覚えがある。そのときは深い意味はないと思ったのだが、今となってはもしかしてと思えてくる。

だとしたら私は、今まで篠崎さんのその気持ちを軽くあしらってしまっていた。ノリが軽すぎて真剣に言っているようには聞こえなかったせいだけど、全部冗談だと思って、ろくにリアクションを取らずに受け流しつづけてしまった。

いや、篠崎さんのことだ。やはり冗談だという可能性もまだあるし、考え込まないことにしよう。

戸棚の影からニャー助がこちらを見ている。そのまん丸な瞳は、初めから全部見透かしているかのように、やけに澄んでいた。

Episode10・猫男、捧げる。

明日は篠崎さんが帰ってくる。だというのに、私の頭はモヤモヤしていた。篠崎さんのいつもの〝あれ〟は、ひょっとして冗談ではなかったのだろうか。でも、自意識過剰な気もする。だが片倉さんが私を「鈍感」と言っていたことを考えると、私は本当に鈍感で篠崎さんの言葉を蔑《ないがし》ろにしつづけてしまっていた可能性も、なきにしもあらずだ。

私が悶々としている今、まるで反比例するかのように真智花ちゃんが輝きを取り戻していた。

「やっぱりね、私がかわいすぎるから彼も不安だったみたいですう。私にはあなただけだよって言ったらあ、これからはもう厳しく見張るのはやめるって言ってくれてぇ」

昼休み、彼女は鼻にかかった甘え声で私に仲直りを報告してきた。

「そうか、解決してよかったよ」

なるべく微笑んで返す。計算されつくしたキャラクターを演じる真智花ちゃんより、こういう腹黒い素顔の方が私は好きだ。真智花ちゃんは私の顔色など気にしない。

「『彼だけ』って言っちゃったんで、篠崎さんは諦めます」

その名前を聞くと、また頭が混乱してきた。冗談なのかなんなのか、はっきり言ってくれればいいのに、あの人ときたら私の反応をおもしろがるばかりで明確な答えを出してくれないのだ。

ふいに、私の携帯がバイブ音を立てた。篠崎さんかと思ったが、メッセージを入れてきたのは美香だった。

「今日は講習会が早く終わりそう！　飲みにいこうよ！」

「そうだった、美香は今、こっちに来てるんだったね」

真智花ちゃんの方を振り向く。恋人からの強い束縛が解けたばかりの彼女は、さっそく話に乗った。

「行きましょう！　私、カクテルのおいしいお店知ってますよ！」

「あ、うん……」

美香がいる期間は限定されているし真智花ちゃんもこんなに乗り気だ。

「そうだね、行こうか」

パーッとお酒を飲んだら、案外すっきりするかもしれない。私が頷くと真智花ちゃんはにんまりし、残りの仕事にやる気いっぱいになった。


「おーい、こっちこっち」

真智花ちゃんおすすめのイタリアン居酒屋の前で、美香が手を振っていた。

仕事を終えて真智花ちゃんと一緒にお店に向かうと、現地にはすでに到着していた美香がいて、席を確保していた。

食べ放題飲み放題のプランで私たちは〝女子会〟を開始した。きらきらした暖かい色の照明が眩しい。焼きたてのピザの匂いが漂ってきて、食欲をそそる。お腹が空いてきた。

ピザとパスタをいくつか注文するのに加え、最初のドリンクを選ぶ。お酒を飲むのは久しぶりだ。さほど強い方ではないので、家で飲むことはほとんどない。年に二、三回の会社の飲み会で飲むくらいで、あまり馴染みがないのだ。

「夏梅、なに飲む？」

美香が尋ねてくる。私はメニューを眺めて考えた。

「えーっと。甘いのがいいな」

「ここね、カルーアミルクがおいしいんですよ」

真智花ちゃんがハイテンションで勧めてくる。カルーアミルク。日頃から喫茶店でコーヒーを飲んでいる私には、コーヒーリキュールのカクテルは飲みやすい。

「じゃ、カルーアミルクで」

開始直後から美香の恋愛話が炸裂し、負けない勢いで真智花ちゃんの彼氏自慢が火を噴く。美香は前任の支部長で今は本社の営業部長である雨宮《あめみや》部長に想いを寄せていて、彼が転勤する際、それを追って本社に行った。その雨宮部長への想いはどうやら実ったらしくコソコソ社内恋愛を続けているそうだ。熱しやすく冷めやすい美香にしては珍しく、雨宮部長には少なくとも二年以上熱が冷めない。

「講習会でこっちにいる間、毎日連絡くれるの！」

「社内恋愛憧れますぅ！」

真智花ちゃんも一緒に盛り上がって、次から次へとお酒を追加している。私はふたりの圧倒的な熱気に押され、相槌を打ちながらカルーアミルクを啜っていた。

甘くておいしいのだが、舌がコーヒーの味を察知すると無意識にいつもそれを淹れてくれる猫のかぶり物を思い浮かべてしまう。

昨日は定休日だったし、今日はここに来てしまった。篠崎さんのことを言うべきなのか、言わないべきなのか。心配していたし、報告はした方がいいのだろうか。でも、そんなのは篠崎さんに失礼なのか。報告するとしたら、篠崎さんの意図をはっきりさせてからなのかな。

「飲み物頼むけど、夏梅も追加する？」

私のグラスが空だったのを見て、美香が声をかけてくれた。

「あっ、うん。カルーアミルクで」

同じものをもう一度頼んだ。

「それで、夏梅は最近どうなの？」

いきなり、美香から話を振られた。気を抜いていた私はハッと背筋を伸ばし、変な声を出した。

「最近って。なにもないよ、相変わらず」

「あれえ？　あんたが東京本社に戻るのいやがって残ったのは？　私はてっきり、こっちにいい人ができたからだと思ってたんだけど？」

美香がニヤッと口角をつりあげた。真智花ちゃんがすかさず食いつく。

「そうなんですか？　初耳ですよお」

まずい、矛先《ほこさき》がこちらに向いてしまった。面倒だ。

「そうなのよ、なかなかこいつ口割らないんだけどね」

お酒の入った美香は素面《しらふ》のときよりぐいぐい来る。ただでさえ勢いが加速している美香に、真智花ちゃんがさらに燃料を投下した。

「有浦さん、最近大企業にお勤めの素敵なお兄さんと連絡取ってませんでした？　そのへんどうなんですかあ？」

「え、なにそれなにそれ。聞いてないよ」

美香が目をギラギラさせる。ああ真智花ちゃん、余計なことを。

店員が新しいお酒を運んできた。私はそれらのグラスを配りながら、苦笑いした。

「それは友達の友達だって。私は本当になにもないから、久しぶりに美香の話が聞きたいな。雨宮部長のこととか、もっと話してよ」

なんとか話を逸らそうとするのだが、こうなってしまった美香と真智花ちゃんは止まらない。美香は真智花ちゃんから情報を引き出していた。

「夏梅に近づいてるというその人は、どんな人なの？」

「私も会ったことないですけど、もてるのを自覚してるタイプのようです。有浦さんが連絡取りながらニヤニヤ楽しそうにしてるんで、たぶん性格も合ってると思います」

「そうか、ずっと心配してたのよ。夏梅があまりにも男っ気がないから」

勝手に話を進められて、私はひとりで戸惑っていた。

「友達の友達だってば！　冗談ばっか言ってる、ただのおもしろい人だってば！」

そうであってほしくて、つい声が大きくなった。

美香がぐいっとカクテルをあおる。

「友達の友達でもいいのよ！　これから手に入れるんでしょ」

「そんなつもりないよ！」

「いや、逃したらもったいないでしょ！」

美香の大声に驚き、私は椅子の背もたれに張りついた。

「もったいないって……」

「もったいないでしょ。だって高収入なんでしょ。もてるの自覚してるってことはそこそこ顔もいいはず。しかも性格も合ってて、逆になにがだめなのよ」

美香は切り分けたピザに手を伸ばした。

「だめってことは、ないけど」

私は声を震わせた。篠崎さんのハイスペックは認める。でも、それは私には関係ない。

篠崎さんの口説き文句のようなものは悪ふざけで、他意はない。はずだ。頬が熱くなるのを、カルーアミルクを口に含んでごまかす。

「見切ったらもったいない。相手にその気がなかったとしても、惚れさせなさいよ」

美香がやけに達観して、ピザを頬張る。私は彼女の考えに、無数の疑問符を浮かべた。

私がぽかんとしているのを見て、美香が言い換えた。

「条件のいい物件だから、押さえておけと言ってるの」

「そうですよ。あとちょっとで私が横取りしちゃうところだったんですからね」

真智花ちゃんが小悪魔のように笑う。私はまだ、意味がわからなかった。

「条件って……たしかにあの人はいろいろと羨ましい能力を持ってるよ。でも、だから狙っていこうっていうのは……」

そういう人と付き合うのが自分のステータス、みたいな捉え方。どうしても違和感を抱いてしまう。

うまく言えなくて、再びグラスの中のカルーアミルクを口に注ぎ込んだ。ふんわり甘くて、あとから少し、苦い。

「そんなこと言ってるからいつまでも売れ残ってんのよ」

美香も自分のグラスを傾けた。

「売れ残ってるんじゃなくて……！」

私はトン、とグラスを置いた。

売れ残っているのではなくて、ちゃんと好きになった人をこれからも大事にしていけるように、様子を窺っているだけだ。ただ、これもうまく言えなくて目を泳がせた。とりあえず、店員を呼び止める。

「すみません、カルーアミルクを。美香、真智花ちゃん、なにか飲む？」

「カシスピーチ！」

だいぶ酔ってきた真智花ちゃんが顔をまっ赤にして手をあげた。「私も」と美香も手をあげる。

私も酔いが回ってきた。いろいろごまかそうとして、お酒を進めてしまうせいだ。カルーアミルクのアルコール度数は、結構高い。

「夏梅はねえ、もっと貪欲になった方がいいの！」

美香も呂律《ろれつ》があやしくなってきた。

「条件のいいのを見つけたら早めにマークする！　四の五の言ってないで攻める！　じゃないとどんどん行き遅れるよ」

「そんな言い方しなくたって！　相手だって人間なんだよ」

こちらも熱くなって言い返した。美香が余計に燃える。

「そうよ、人間よ。だから駆け引きはあるし、だめそうなら諦めて次に行くの。攻めるときは攻めて引き際も知る。これが大人の恋愛でしょう」

酔っ払いの美香はいつにも増してハンターである。私はやはりそういう考え方には共感できなくて、たじたじとピザを口に運んだ。追加のカクテルが到着する。照明の光をたっぷり受けて、きらきらと宝石みたいに煌めく。

美香がニヤリとした。

「それともなに？　そのハイスペックを超える人がほかにもいるとか？」

「篠崎さんを超える人ってどんな人ですかあ？」

真智花ちゃんがいたずらっぽく笑った。私はカクテルのグラスに手を伸ばす。目が回ってきた。

「超えるとか、超えないとかじゃないの。比べるものじゃないから……」

「じゃあなに、今、そんなに好きで好きでたまらない人がいるの？　優良物件が目に入らないほど？」

美香の追撃に、グラスを取ろうとした手がびくっとなった。

「う……うーん。どうかな」

返事に詰まって、いったんうやむやな相槌でごまかした。新しいカシスピーチのグラスを手渡すと、真智花ちゃんが私を上目遣いで睨んだ。

「有浦さんって、自由で気まぐれな性格に見えて、じつはめちゃくちゃ重たいですよね」

初めて言われた評価に、グラスを渡す手が硬直した。真智花ちゃんは頰を赤くして、私の瞳をじっと見据える。

「一度好きになったら好きすぎて嫌われたくなくて、臆病になるタイプ。だから前に進まないし、新しくホイッと人を好きになったりできない。当たりですか？」

一瞬、なにが起こったのかわからなかった。部屋の机の引き出しに鍵をかけたまま鍵をなくしたと思ったら、その鍵を外部の人が拾って届けに来たみたいな、そんな感じだ。私自身もよくわかっていなかったことを、真智花ちゃんがどうして知っているのだろう。なにも知らないくせに、と思うところのはずなのに、まったく言い返せない。

真智花ちゃんは酔っぱらった勢いで裏返った声で続けた。

「誰かひとりの決めた人にだけ固執するなんて、映画の中の純愛みたい。それってものすごく、要領悪いです」

引き出しの中には、持ち主の私ですら忘れたものが入っている。いや、本当は覚えていたくせに、考えると重たい自分が嫌いになってしまうから、鍵をなくしたまま放っておいていただけ。

「なによ、その顔」

美香が私を覗き込んだ。

考えれば考えるほど、泥沼なくらい重くなっている自分に気がついていやになってくる。要領の悪い自分が情けなくて、幼くて、悔しくなってくる。

「とにかく、スーパーハイスペックくんとはもっとうまくやりなさいよ。こんなチャンスそうそうないんだから」

美香がオレンジ色のカクテルを唇に添える。

「夏梅が少しでも気になってるんなら、そういう可能性もあるってことなのよ。条件で選んでも、愛情はあとからついてくるから大丈夫」

そうか、愛情はあとからついてくる、のか。

美香と真智花ちゃんはきらきらしている。私なんかよりずっとたくさんの恋をして、たくさんの経験を重ねてきたのだ。いろいろな人に出会って学んだことがたくさんあるから、だからこんなに達観して、大人なのだ。

「進展あったら真っ先に私に連絡すること！　いいね」

美香は酔っ払い特有のハイテンションで叫び、グラスの中のカクテルをぐいっと飲み干した。


そのあと、真智花ちゃんが急に眠くなってしまい、私たちの飲み会はお開きになった。美香は電車で隣町のホテルに帰り、真智花ちゃんはタクシーを呼んだ。私は、自宅アパートまで徒歩で二十分程度なので、酔いを醒《さ》ますついでに歩いて帰ることにした。お酒を飲むので通勤用の自転車は会社に置き去りにしている。

寂れた商店街の一角にある小さな居酒屋である。外は賑わっているでもなく、冷たい海風がひゅるひゅる漂ってくる。夜の商店街をのそのそ歩く人々は数人見かけるが、至って静かである。お店の中があんなにピカピカしていたのに、一歩外に出たら夢から覚めた現実みたいに薄暗い。

風で頬が冷やされると、だんだん酔いが醒めてきた。美香と真智花ちゃんの言葉を、胸の中で何度も反芻《はんすう》した。

周りから見ると、篠崎さんは条件のいい人。私にも彼はかなり努力家なのだろうとわかるし、それにすごくいい人だと思う。彼も私に好意的である。それが恋愛的なものなのかはわからないが、少なくとも、嫌われてはいない。仮に恋愛対象ではないとしても、美香の言葉を借りれば「惚れさせなさい」。でも、私がそう割り切れないのは、純愛に騙されている幼い恋しか知らないから。もっと柔軟に、賢く、誰かを愛せるようにならなくちゃいけない。

でも、本当にそれでいいのかと、思ってしまう。

はあ、とため息をついて商店街を抜け、海浜通りに出た。海の風はより強く私の髪を撫でた。街灯が少ないせいで、真っ暗だ。慣れた道だから迷うことはないし転ぶこともないけれど、少し先がよく見えない。数メートル先にぼんやりと光る黄色い光が見えた。

「あれ……灯りが点いてる」

思わず、独り言を洩らした。毎日のように通う、小さな喫茶店。その窓の灯りは、まるで私の行く先を照らすように静かに光を零していた。

携帯の時計を確認すると、午後十時半を少し過ぎた頃だった。喫茶店はとっくに閉店している時間である。片倉さんたら、電気を消し忘れたのだろうか。

アパートに向かってのんびり歩きながら、夜風に目を瞑る。片倉さんには、電気を消し忘れていると電話してあげよう……そう思って、喫茶店の前を通り過ぎようとしたときだった。

「あれ？　マタタビさん？」

すとんと胸に馴染む、聞き慣れた声がした。でもいつもとちがう。いつもはもっと、くぐもっている。声がかぶり物の中で籠もって、ちょっとだけくぐもるのだ。今はやや不透明な声ではなくて、ストレートに耳に届いてくる。

立ち止まって、声の方を見た。黄色い光を洩らす窓の前に、すらりと立つ影。

「どうしたんですか、こんな時間に。また残業ですか？」

そこに立っていたのは、いつもカウンターを挟んで目の前に立つ人。声も、背格好も、まちがいない。ただ、その影には見慣れた三角の耳がなくて。

「大丈夫ですか。なんだかぐったりしてますよ」

目を見開いて固まる私の前にいる片倉さん。窓の灯りの逆光で顔はまったく見えなかった。

「たまにあるんですよ、レジの計算が合わなくて帰れなくなっちゃうこと」

私をお店に入れて、片倉さんは店の裏口で猫のかぶり物を装備して、戻ってきた。真夜中の『喫茶 猫の木』に、見慣れた猫男が出現する。

「それに、さっきまで電話をしていましてね。ついつい話し込んでしまいました」

和やかに笑う片倉さんは驚くくらい普段どおりだった。つい先程までかぶり物を外してモードが切り替わっていたはずだった。それなのに、私の前に一瞬現れた青年は別人かと思うほど、ここにいるのはただの猫男である。いつもとちがうのは、外が真っ暗で静まり返っていること、片倉さんがエプロンを外してワイシャツ姿になっているということくらいだ。

「逆光で顔が見えないなんて……ずるいです」

カウンターに突っ伏すと、ほのかにコーヒーの匂いがした。ぽわぽわと黄色い照明に、コーヒーの香ばしい香り。横になった顔の前には、照明の光を反射する透明のグラス。大丈夫ですか、と降ってくる片倉さんの声が涼やかで心地いい。なんて落ち着くのだろう。体の力が抜けて、眠くなってくる。

先程お店の外で向かい合ったとき、お酒の匂いがしますねと、片倉さんは言い当てた。ぐったりしている私を見かねて、彼は私を店に招き入れてくれたのだ。お冷を入れてくれて、今に至る。

「すみません、お店を閉めたあとなのに」

ぽつんと謝罪すると、彼はふふっと苦笑した。

「放っておけませんよ。ふらふらしていましたし、それに」

片倉さんは、そこでいったん言葉を切った。

「それに……泣きそうなお顔に、見えたので」

どきんとした。見透かされているみたいだ。頭の中がぐちゃぐちゃになっていたのを、見られてしまったみたい。

「こっちは片倉さんの顔を見損ねたのに……！」

憎き猫頭を睨みつけて、私はまた呟いた。

のっそり顔を起こして、水に口をつけた。冷たくて心地よい。体の中をぐるぐる巡るアルコールが、少し薄まった気がした。

「お水がおいしい。お酒、飲みすぎちゃったかな」

私ははあ、と大きく息を吐いた。

「電話してたって言ってましたね。誰と話してたんですか？」

なんとなく聞いてみると、片倉さんは淡々と答えた。

「篠崎くんです。明日、帰ってくるときにこの店と会社に立ち寄ってから小麦さんを引き取りに行こうと思ってると、そんなような話をしました」

どきんとした。そうだ、明日篠崎さんが戻ってくる。私は小麦を彼に返さなくてはならない。そのとき私は、美香と真智花ちゃんの言葉を思い出さずに、彼と冷静に話せるのだろうか。

「私……泣きそうに、見えました？」

先程の片倉さんの言葉を、ゆっくり繰り返した。彼はカウンターに腰を寄せて寄りかかった。

「気のせいだったかもしれません」

「ええ、泣きそうってことは、ありませんでした」

私はもう一度、お冷に口をつけた。

「でも悩んでました。いい歳になっても、意外と悩むんですよね。自分が思った以上に幼稚で、情けなくなっちゃってました」

「おや。なぜそのように？」

穏やかな声は透明で澄んでいて、体に染み渡っていく。

数秒、沈黙した。なにからどう話せばいいのかわからなくて、言い淀む。でも、会話を途切れさせたくない。胸の内を聞いてほしい。いちばん聞かれたくない人なのに、話したくて仕方なくなる。

「私、要領悪いみたいで。物事を利益で選べないんです」

下手くそに言葉を探す私を、片倉さんは黙って見ていた。

「たくさんの女性から憧れられるような人と知り合ったんですが、その人をあんまり恋愛対象として見たくなかったんです。でも、友達からしたら、そういう人と一緒になるべきだって」

しかも私はその人のことを、好きかといえば好きだから困るのだ。いっそのこと嫌いなら、こんな気持ちにはならなかったのに。

彼も、ふざけてるだけかもしれないが甘い言葉をかけてくれる。だから、こちらも想像してしまう。この人を好きになったら、この人が私を好きになってくれたら、きっと幸せだろうな、と。

「自分がなんで恋の話が嫌いなのか、わかりました。人間を品定めして値踏みするような、そんな会話になるのがいやだからかもしれません」

グラスの水滴が手のひらを這う。指の谷間をつうっと濡らして、気持ちいいのに気持ち悪い。

「でも、それは賢いことなのかもしれない。そして、そんな賢い会話についていけない自分が、夢見がちで幼すぎて、かっこわるいから、参加したくなかったのかも」

美香や真智花ちゃんのように、割り切れない。不器用すぎる私に、恋愛は難しい。

「マタタビさん。なにか飲まれます？」

片倉さんがカウンターに置かれたメニューをひょいと持ちあげた。

「マタタビさんがそんなふうにおっしゃられるのは珍しいので、なにかごちそうしたくなってしまいました」

ふわふわしたネコジャラシみたいな、柔らかい声だった。柔らかいのに、心臓をぎゅうっと締めつけるようで、私の返事は上ずってしまった。

「あはは……ずるいです片倉さん。そんな優しくされたら」

泣くつもりはなかったのに、泣きそうになってしまう。

「……カルーアミルクで」

「えっ？」

片倉さんに聞き返されて、ハッとなった。

「あっ、すみません。さっきまで飲んでたので、その勢いで……。やだな、まだ酔ってるみたい」

「ふふふ。今夜はもう、アルコールはやめておいた方がいいですよ」

片倉さんは笑いながらそう言って、コーヒーカップを手に取った。いつもよりのんびり作業する彼を、私はカウンター越しに眺めていた。片倉さんがゆったり話しだす。

「感情より条件で相手を選ぶ……賢い恋はそういうものなんだと思いますよ」

片倉さんの手元のカップから白い湯気があがっている。

「生物として、より優れた方に惹かれるのは当然です。それに人間社会において能力のある人と一緒になった方が安心です。当たり前の理屈ですから、そのような条件を満たす人を求め、さらに上回る人がいれば気持ちが揺らぐ……のは賢いとは思います」

コト、と私の前にカップを置かれた。白っぽい水面が甘い香りを漂わせている。

「でも、マタタビさんにはそれはできないんですよね。あなたは、相手を思いやる人だから」

私が「カルーアミルク」と言ったから、だろうか。ミルク多めの、まろやかなコーヒーを差し出された。私はそっとカップに手を寄せて、唇につけた。温かくて、甘い。

「このお店には毎日、いろんなお客さんがいらっしゃいます。そして僕自身も不思議なくらい、いろんな相談事をされます。それらは傍《はた》から見たら小さい悩みだったりもするんですが、皆さん真剣に……大事なことだから真剣に悩んでいらっしゃる」

片倉さんの声は、静かな夜に切り離された喫茶店の中でやけに透き通っていた。反響しないで消えていく声は、私にだけに届いている。

「僕は、そんな不器用なお客様たちのことを愚かだと思ったことは一度もありません。あんなふうに人を愛せる彼らを、尊敬しています」

ミルクの匂いが優しくて、私は目を閉じた。片倉さんの声は続く。

「マタタビさんみたいに真っ直ぐでいられる人が、本当に素敵だと思うんです」

「……あなたが、そんなんだから」

ミルクたっぷりのコーヒーを見つめ、私は掠れた声を絞り出した。

「あなたがそんなんだから、私は、動けなくなっちゃうんですよ」

嫌われたくなくて、臆病になる。甘えられる距離を保ちたくて、前に進めない。考えるといっぱいいっぱいになってしまうから、ほかの誰かに惹かれている余裕もない。そうやって、恋に鈍くさくなっていく。

片倉さんはカウンターに寄りかかって、楽な姿勢で私を眺めていた。

「マタタビさんに泣きながら相談事をされるのは、久しぶりですね」

言われて、気がついた。涙がぽたぽたと、カウンターテーブルに落ちている。片倉さんの言葉が解毒剤になって、体の中のモヤモヤが涙になって外に抜けていく。涙の熱が、頬を伝う。

「片倉さん。私もうだめです。どうしよう。あなたのせいです」

なんだか胸がいっぱいで、めちゃくちゃなことしか言えなくなった。

「どうしてくれるんですか。もう戻れないじゃないですか」

「マタタビさん。あなたは少し、お酒に酔っています」

片倉さんは笑いながら、私の言葉を聞いていた。私は温かいミルクコーヒーを両手で支えて、下を向いた。

「酔っ払いの戯言《ざれごと》です。ちゃんと聞かなくていいです。でも……でもこれは、あなたのせいです」

なぜか涙が止まらなくて、私はひたすらそれを繰り返した。

「泣いてもいいんですよ。大人って、そんなに立派なもんじゃないです」

片倉さんは、そんな酔っ払いの戯言に頷いて付き合ってくれた。

私も、いったん呼吸を整えた。唾を飲み込み、大きく息を吐く。いつまでも酔っ払いのぼやきを聞かせていたら、片倉さんがかわいそうだ。少しずつ落ち着きを取り戻して、私はカップを置いた。

「はあ、すっきりした」

私は目をぎゅっと瞑ってから、ぱっちり見開いた。

「泣いたらちょっと楽になりました。ありがとうございます、片倉さん」

「いえいえ、なによりです」

小さく頷いた片倉さんのかぶり物が、ふわっと毛に空気を孕《はら》む。

「……ねえ、片倉さん」

私は袖で涙を拭った。

「この前、私が残業頑張ったから、ご褒美くれるって言いましたよね。それ、酔ってるついでに、今お願いしてもいいですか？」

「ふむ。そんなことを言いましたね。どうぞ、なんなりと」

片倉さんがカウンターから姿勢を起こした。私はそのふわふわな猫の頭を、じっと見つめた。

「モフモフさせてください」

「モ……え？」

片倉さんがピタッと石になった。私は茶色に縞模様のかぶり物を、なおじーっと眺めた。

「ご褒美、なんでも聞いてくれるって言ってくれましたよね？　そのお顔を撫でまわさせてほしいんです」

ご褒美の権利をもらってから、いつなにに使おうか考えていた。そして思いついたのだ。ずっと触りたいと思っていた、その柔らかそうな猫さん頭を触らせてもらおうと。私はこんなに疲れているのだ。そのくらいの癒しをもらったって、罰は当たらない。

片倉さんはまだ硬直していた。まさかこんな使われ方をするとは思わなかったのだろう。彼はこんな見た目だが中身は普通の人間なので、撫でられるのには抵抗を感じているはず。私も、触らせろなんて普段なら言えない。

「マタタビさん、やはりまだ少し酔ってらっしゃる」

「酔ってます。だから、酔った勢いで普段ならできないことをしようとしてるんです」

戸惑う彼に、私はさらに交渉した。

「猫として接するので、引っ張ったりしません。そのまま外してやろうなんて思ってません。ただただ、モフモフさせてもらえるだけでいいんです。片倉さんは、酔っ払いに絡まれるだけです」

ここまで言うと、片倉さんは決心を固めたようにふう、と大きな息をついた。そしてカウンターから出てきて、私の座る椅子の前にひざまずいた。

「わかりました。どうぞ心行くまで、存分にモフモフしてください」

「やった……！」

かつて、片倉さんの猫頭を堪能することに成功した者などいただろうか。たぶん、私が最初だ。

目の前でおとなしく待つしましまの頭に、そうっと手を置いた。瞬間、指の腹や手のひらに、しびれるほどのふわふわな感触が走った。いったいなんの繊維でできているのか、本物の猫の毛と遜色のない細くて軟らかい毛。ほのかな弾力。骨抜きにされる絶品の触り心地だ。

あまりの感触に、私の理性は吹き飛んだ。

「あああ！　ふかふか！」

思わず三角の耳の間に顔をうずめた。鼻先や頬にも、細かい毛の感触がじんわり伝わって全身の力が抜ける。ほんのりコーヒーの匂いがするのもまた心地よい。

顔をうずめたまま、顎のあたりを揉んでみたり、耳の内側を親指で撫でてみたり、後ろ頭をわしゃわしゃ擦ってみたりとかなり自由に触ってやった。が、片倉さんは微動だにしなかった。抵抗しないし、なにも言わない。息を止めているのかもしれない。おとなしいから触り放題だ。ニャー助でもこんなに触らせてくれない。

「はあ。満足しました」

私はよろっと顔を離した。ぐちゃぐちゃに乱れた毛並を手のひらで整えてから、ぽんと片倉さんの肩を叩いた。

「一生分ではありませんが、とりあえず今日はこのくらいにしておきます。最高でした」

「……ご満足いただけて、なによりです」

片倉さんの声は少しだけ震えている気がした。

「ああ、でもやっぱりちょっと物足りないな。かぶり物、取ってくれませんか？」

意地悪して聞いてみると、片倉さんは座ったままの姿勢でバッと私を見上げた。

「それはだめです、絶対だめ。話がちがいます」

若干《じゃっかん》早口になる片倉さんに、私は思わず苦笑する。

「はいはい、冗談ですよ。取んないです」

ついでにもう一度、頭のしましま模様を撫でておいた。片倉さんは両手でかぶり物を押さえて俯いた。

「絶対、絶対に見せられません。今だけは、絶対」

片倉さんの声が小さく萎《しぼ》む。

「こんな表情……見られたら、死んでしまいます……」

最後の方は、声になっていなかった。私は一瞬固まって、しばらくそのぷるぷる震える猫の頭を眺めていた。が、やがてニヤアッと口の端をつりあげた。

「そんな反応するんですね。初めて見ました」

「びっくりしてるだけです」

無理のある言い訳がまたおかしくて、私は込みあげるニヤニヤを押さえられなかった。私が喜んでいるのがおもしろくないのか、片倉さんはすくっと立ち上がってカウンターの向こうへ逃げてしまった。もう触らせてくれそうにない。

「片倉さん、今日はありがとうございました」

私は椅子から立ち上がり、頭を下げた。篠崎さんへの複雑な感情は整理できていないが、それでも今なら、彼と自然に話せる自信がある。

「片倉さんのお陰で、いろんなことがどうでもよくなりました！　それじゃ、私、そろそろ帰りますね」

「こんな時間ですし、ご自宅前まで送りましょうか」

片倉さんがかぶり物の頬を押さえながら聞いてくる。私はカウンターに手をついた。

「今の私は勢い余ってかぶり物を奪ってしまいそうです。酔っ払いですから」

「う……」

唸る片倉さんを尻目に私は扉へと向かった。

「家、近いので大丈夫ですよ。本当にありがとうございました。コーヒーも、ごちそうさまでした」

「わかりました、お気をつけて」

丁寧に猫頭を下げる片倉さんへ、私ももう一度お辞儀した。扉の外へ出ると、見慣れた道が真っ暗な闇に飲まれている。少し欠けた月がぽっかり浮かんで、海に微かな月光を落としていた。

波音だけが聞こえる静かな海浜通りを、ひとりで歩く。途中からすたすたと早足になって、さらに駆け足になって、気がついたら私は喫茶店から逃げるように全力で走っていた。

触らせてもらっちゃった。あんなにたくさん、あんなに近くで、思う存分に。柔らかかった。温かかった。いい匂いがした。片倉さんが、あんな反応を見せた。

思い出しただけで心臓が破裂しそうになる。どうしよう。やっぱり私、もうだめだ。片倉さんのせいだ。もうこれ以上、自分に嘘をついてごまかすことなんてできない。

いまさら頬が火照ってきて、ほかになにも考えられなくなった。

Episode11・猫男、消える。

次の日、晴れて気持ちのいい朝を迎えた。今日は土曜日。二日酔いの気怠さがないこともないが、今日は帰ってくる篠崎さんと会えるのが楽しみで体が軽い。

余計なことも考えてしまったが、篠崎さんが片倉さんの友達で、私にとっても友達であることは変わりない。小麦は大好きなご主人に再会できる。片倉さんと篠崎さんの楽しい絡みが見られるのも、わくわくするではないか。篠崎さんは十時半頃に小麦を迎えにやってくる。朝、少し会社に寄ってから来るようだ。

冷蔵庫にあったあり合わせの材料で朝ごはんを作り、軽く食べてから、物置部屋の片付けを始めた。小麦とは、今日でお別れだ。とうとうこの日が来てしまった。片倉さんのアレルギーは小麦を預かれるほどまでは回復しなかった。ニャー助をあれだけ触っていたのだから、改善する可能性はあるのだけれど。

預かっていた小麦のものを、ごっそりまとめる。部屋が急にスカスカになって、なんだか無性に寂しくなった。

私はリビングで窓の外を見ていた小麦の横に腰を下ろした。

「小麦、今までありがとうね」

話しかけると小麦はこちらを向いた。ヘーゼルの瞳で私をじっと見ている。

「おうちに帰れるの。篠崎さんに会えるんだよ」

私は小麦の平たい頭を撫でた。小麦は気持ちよさそうに目を瞑り、私が手を離すとまたじっと目を合わせてきた。しばし瞳を覗き込んでいた小麦は、やがてすっと目を閉じ、ゆっくりと開いた。宝石のような瞳が、真っ直ぐ私を見つめている。

のんびりしたまばたきは、猫の親愛の表現。私は小麦の額に頬を寄せて、小さな体を抱きしめた。なんて愛おしいのだろう。離れるのが惜しくなってしまう。

だがいつまでも惜しんでいる場合ではない。私は物置部屋に置いてあった小麦のキャリーを持ってきて、中に小麦のお気に入りの黄色いタオルケットを入れた。タオルケットの匂いで小麦がキャリーに寄ってくる。私はその様子を確認しながら、小麦のものをまとめて玄関に集めて置いた。

キャリー嫌いの小麦はなかなか入ってくれない。私は小麦の背中を撫でてリラックスさせ、少しずつキャリーに誘導した。押し込むと余計にいやがるので、小麦が慣れてくれるのを待つしかない。十分くらい待って、ようやく小麦がキャリーに収まった。キャリーの扉を閉めて、玄関に運ぶ。

玄関には異変を察知したニャー助がやってきていて、積まれた大荷物を見渡していた。そしてキャリーに入っている小麦に気がつき、にゃーんと大きく口を開けた。いなくなってしまうことがわかったのかもしれない。小麦もニャー助に向かってにゃあと短く鳴く。私はキャリーを持ってしゃがみ、ニャー助の前に下ろした。ニャー助と小麦はキャリーの透けた扉越しにじっくり目を合わせはじめた。

お互いじゃれあうほどではなかったくせして、離れてしまうのは寂しいようだ。ニャー助が名残惜しそうに小麦を見つめては、私に「なぜだ」とでも言いたげな目を向けてくる。

「あなたたち、最初喧嘩ばっかりしてたのに」

いつの間にか、こんなに仲良くなっていた。

一か月ちょっとの時間というものは、長いようでいて短いようで、長い。猫同士や飼い主同士が親しくなるには充分な長さで、離れるときにはもっと一緒にいたかったと感じる短さなのだ。短い季節がひとつ終わり、冬の気配が近づいてくる。

別れを惜しむニャー助と小麦を見ていると、ピンポンとインターホンの音がした。ニャー助がピクッと耳を立てる。私は扉に向かって立ち上がった。

「あっ、篠崎さんが到着したみたい」

まだ見つめあっていたニャー助と小麦には申し訳ないが、お別れのときが来たようだ。小麦が来たときと同じように、小麦のものを運ぶために、車で来てくれたのである。

玄関を開けると、篠崎さんがにっこりしながら立っていた。

「おはようマタタビちゃん。小麦のこと、ありがとう」

一瞬、どきんとしてしまった。先日の電話が脳裏によみがえる。篠崎さんはふざけていただけなのだと思い込もうと決めていたのだが、本人を前にするとどぎまぎしてしまう。

「おはようございます。長い出張、お疲れ様でした」

そんな私の動揺を気にしていないみたいに、篠崎さんは往年の大親友みたいな壁のない笑顔で会釈した。カジュアルな装いで人懐っこく笑う彼は、その正体がかなり優秀なエリートであることを感じさせない。

「これ、お土産」

彼がずいっと突き出してくる紙袋を、私は恐縮しながら受け取った。

「わざわざすみません！」

「いえいえ、小麦が長いこと世話になったからな」

篠崎さんがキャリーの中の小麦を見つけてしゃがんだ。

「小麦！　いい子にしてたか？」

言いながら、彼はなんの躊躇もなくキャリーの戸を開けた。私がせっかく十分もかけて入れたというのに、小麦をあっさり出してしまった。

「あーっ！　ちょっと！　入れるの苦戦したのに」

「いいじゃんな。やっと会えたんだもんな」

小麦を抱きしめてぐりぐり頬擦りする姿は、やはりエリートの肩書きのイメージからはかけ離れている。小麦も再会を喜び、狭い額を篠崎さんの首筋に押しつけてべったりしていた。

玄関の隅には、初めて見る篠崎さんに動揺するニャー助がいた。篠崎さんがニャー助に気が付き、小麦を抱っこしたままニャー助にも手を伸ばした。

「君がニャー助か。小麦がお世話になりました」

丁寧に挨拶した篠崎さんを、ニャー助は黙って見ていた。

篠崎さんがもうひとつ、小さな紙袋を差し出す。

「これはニャー助へのお土産に。猫用のおやつ買ってきた」

猫にもお土産を用意するあたり、篠崎さんは生粋の愛猫家である。私はそのチキン風味の猫用おやつを受け取って、小さくお辞儀した。

「ありがとうございます。ニャー助、よかったね」

「ニャー助にも小麦の面倒見てもらったからな」

ニャー助にもこうして話しかけている篠崎さんを見ていると、細かいところに気がつく人でもあるんだろうな、なんて私は勝手に思ったりした。

だからきっと、誰から見ても魅力的な人なのだろう。

「さっき、会社に寄る前に『猫の木』にも寄ってきたよ。準備中だったから片倉に軽く挨拶しただけなんだけどさ。お昼前には果鈴ちゃんも来るって言ってた」

篠崎さんがニャー助に話しかけるみたいに言った。

「このあとまた行こうかと思ってる。マタタビちゃんも来る？　小麦のこと、お礼したいしちょっと話したいんだよね」

「行きます」

即答したあとで、昨日めちゃくちゃモフモフしてしまったことを思い出した。あの人のことだ、まだ照れているかもしれないな。それはそれで、おもしろい。

篠崎さんの車に小麦のものを積み込むと、物置部屋はいよいよすっきりしてしまった。ニャー助がひとりぼっちになって玄関で丸くなっている。小麦はまたキャリーに詰められ、搬出された。ニャー助は最後まで小麦のキャリーを見つめていた。


『猫の木』に向かう車に乗せてもらい、私は篠崎さんと小麦とニャー助の話をした。

「最初は喧嘩しちゃってどうしようかと思ったんですけどね。今じゃすごく仲良しになったみたいです。さっきも、お別れだってわかったら寂しそうにしちゃって」

助手席で膝にキャリーを乗せて、私は小麦を覗きながら話した。篠崎さんがへえ、と目を細めた。

「じゃあ次の出張のときもまたお願いしようかな」

「あはは、いいですよ。預かります」

「俺もマタタビちゃんと話してるの、楽しかったし」

運転する篠崎さんの横顔が笑う。

「好きだったみたいだね」

「えっ？」

ふいに発された言葉にどきりとする。せっかく冷静になって落ち着いていたのに、美香や真智花ちゃんの助言が頭の中によみがえる。変に緊張して、言葉に詰まった。篠崎さんが目だけこちらに向けて、ニヤリとした。

「小麦が、ね。マタタビちゃんのことも好きみたいだし、ニャー助のことも好きみたいって こと」

なんだ。またかんちがいしてしまった。

「その文脈はびっくりしますから……」

苦笑いする私に、篠崎さんが楽しげに頷いた。

「うん、わざと」

それから、微笑みながら彼は言った。

「ごめん」

「謝んなくてもいいですけど」

晴れた海が見える。晴天の高い空はやや白っぽい、淡い青色をしていた。『猫の木』には、もうすぐで着く。

「すみませんでした。本当に。ほんっとにごめん」

篠崎さんは前を向いたまま、しつこく謝ってきた。私は篠崎さんを怪訝な目で見て、小麦に目を落とし、また篠崎さんを振り向いた。

「なにを謝ってるんです？」

「マタタビちゃん、ちょっとびっくりしてたでしょ。俺に『本気じゃないですよね』って、確認してきたもんね」

篠崎さんからの言葉に、私は息を呑んだ。

「あれは、私をからかってたんですか？」

「からかってたつもりはないよ。ただ、本音が出ちゃうだけ。かわいい人にはかわいいって言いたいし、好きなら好きって言っちゃうんだよ。恋愛的な意味があるかないかは別にして、ね。本気かって確認されて、『あれ、俺そんなときめかせちゃった？』って焦った」

「呆れた。やっぱり、誰にでも言ってるってわけね」

苦笑する横顔を睨みつけた。この人の口説きに似た天然の人懐っこさに騙されかけて、浮ついた私がバカみたいだ。だが、正直に白状したことは評価する。

「どきどきした？」

篠崎さんが窺ってくる。私はむっすりして窓の外を睨んだ。

「……まあ、ちょっとは」

「ごめんね、俺がスーパーハイスペックイケメンだったばっかりに」

「大丈夫です、そんなこと思ってませんから」

「酷い……」

篠崎さんがしょんぼりする。まったく、この人には振り回されてしまった。結局のところ、私はかんちがいしただけだし篠崎さんはチャラかっただけだし、加えて片倉さんは無駄に心配しただけだったというわけだ。

でも、楽しかったのもどきどきしたのも事実である。お陰様で、大事なことを振り返ることもできた。

「片倉に叱られました」

車がカタカタ揺れる中、篠崎さんが引き続き暴露しはじめた。

「じつは、片倉と出会ったばかりの頃にマタタビちゃんのことを聞いてさ。俺、いつもの勢いで『好きになっちゃうかもしれないから紹介して』って片倉にせがんだわけよ」

「しょうもない……」

思わず内心が口から零れた。篠崎さんの軽さはわかっていたが、改めて痛感する。そういえば、片倉さんも篠崎さんが女性を紹介してほしがっていると話していた。篠崎さんがハンドルを切る。

「そしたらあいつ、すっげえいやそうな顔してさ。『マタタビさんはそういうのいやがるからやめて』って止められたんだよ」

妙に似ている片倉さんの物真似を披露され、思わずどきっとした。篠崎さんが目線を寄越す。

「あいつの性格ならそんなこと言わないで、人と人との繋がりを広げようとするのにさ。あのときは、止めようとした。だから俺は勘づいたよ。ああ、こいつマタタビちゃんを盗られたくないんだなって」

あっさりと語る篠崎さんを前に、私はしばし呆然と固まった。そろりと目を逸らして、下を向く。膝の上のキャリーを、ぎゅっと抱き寄せた。篠崎さんの声が、横で楽しげに弾んでいる。

「ほら、片倉って結構顔に出やすいじゃん？」

「顔、見たことないので知りません……」

「あ、そっか」

キッ、と車が止まった。顔をあげると、『猫の木』の前だった。

「『そういうのいやがるからやめて』って言われてたにもかかわらず、俺はマタタビちゃんに迫った形になったでしょ。で、昨日片倉と電話して、そのときにうっかり『マタタビちゃんに本気かどうか確認された』とまで口を滑らせて……」

車を停めても、篠崎さんはフロントガラスの方を見つめていた。

「叱られましたとも。『小麦さんをダシにマタタビさんに近づくつもりだったのか』って。怒る怒る」

「そこまで言ったんですか……」

篠崎さんが笑って冗談を交えてくるので、私もあまり真剣にならずに聞いていた。真面目に聞いたら頭がぐちゃぐちゃに混乱してしまう。頬がちょっと熱っぽくなった。片倉さんがそんなふうに怒ったというのが、信じられない。

「俺はそこまで怒られるほど悪いことしてたとは思ってないぞ。小麦のことを利用したわけじゃない。マタタビちゃんをからかうつもりもなかった。俺の不手際が原因でマタタビちゃんにこいつを預かってもらったこと、助けてもらったことを心から感謝してる。俺は、ただ」

篠崎さんははあ、と遠い目でため息をついた。

「本当に、君と話してて楽しくなっちゃっただけなんだ」

私はまた、小麦のキャリーに目を落とした。この人の選ぶ言葉には、調子を狂わせられる。

篠崎さんは、今度は真っ直ぐ私の方に顔を向けた。

「と、いうわけです。困らせるようなことして、ごめん。でも俺の気持ちは嘘じゃないから撤回はしない。マタタビちゃんはかわいいと思うし遅くまで残業してるなんて聞いたら心配になる。他人に媚びないさっぱりした生き様が好き！　これはマジ。以上」

喋りながら篠崎さんは次第に早口になって、最後の方は勢いに任せて言い放った。私は彼に押し流されるように頷いた。

「あっ……ありがとうございます。私も、篠崎さんのストレートなとこ、清々しくて大好きです」

勢い余って私も白状した。

口に出してみたら、急にスッと胸に落とし込まれた感じがした。そうだ、私は篠崎さんのこういうところが好きだったのだ。優秀な営業マンでありながらそれを鼻にかけることはなく、素直で、底抜けに明るい。人間として尊敬している。恋愛感情とかでなく、この人の性格が大好きで、話をしていると楽しくて仕方ないのだ。

大好きと言われて素直ににっこりする笑顔が、少年みたいにあどけない。それを見ているこちらも頬が緩む。この人だから、片倉さんもあんなに心を許すのだろう。

「さて、お茶しよっか。お土産も買ってきたから、それ食べながらさ」

篠崎さんが車のドアを開けた。ひゅっと、秋の風が吹き込んでくる。海の近くは十月も過ぎれば風が冷たい。私も、ドアを開けて外へ出た。篠崎さんは小麦のキャリーを持って降りてきた。

お店に入ろうとして、私たちはいったん足を止めた。店の前に、女の人がいる。空色のカーディガンを着た、髪の長い女性だ。幼稚園くらいの小さな子供ふたりと両手をそれぞれ繋いで、窓の前で佇んでいる。子供は双子のようだ。

「……いないのね。運が悪いなあ……」

女の人が呟く。

聞こえてきた「いない」という言葉に、私と篠崎さんは顔を見あわせた。誰かと待ちあわせでもしているのだろうか、窓を覗き込んでキョロキョロしている。

「なんで私が来るときはいつもいないんだろう」

手を繋いだ幼い子供の片方が、彼女を見上げた。

「ねえママ、もう行こうよ」

「うん、そうね。きっとまたいつか、会えるよね」

女性が踵を返す。そのときころっと、なにかが落ちた。私はそれに気がつき、屈んで拾った。金色の、猫の形のピアスだ。

「すみません、落としましたよ！」

背を向けて去っていく女性に声をかけると、彼女はこちらを振り向いた。色の白い、きれいな人だ。ピアスを掲げた私を見て、彼女は慌てて戻ってきた。

「やだ！　ありがとうございます」

「いえいえ」

ピアスを受け取った女性は丁寧に頭を下げ、また子供たちを連れて去っていった。篠崎さんがその後ろ姿を目で追う。

「わー、めっちゃ美人だった」

「本当に誰のことでも褒めるんですね」

「俺は正直者だから」

バカなことを言っている篠崎さんを横目に、私も去る女性の美しい髪を眺めていた。猫のモチーフのピアス、それからかわいい双子。なんだろうか、初めて会った人なのに、不思議と心が惹かれる。彼女の姿が見えなくなるまで、私はその背中から目が離せなかった。

篠崎さんがお店の扉のドアノブに手を伸ばし、途中で止めた。

「あれっ？　閉まってる」

えっ、と私も横から覗き込んだ。たしかに、扉にかかった札には『ＣＬＯＳＥ』の文字が刻まれている。その横には片倉さんのきれいな手書き文字で、「外出中・申し訳ございません」という貼り紙があった。

私はひゅっと表情をなくした。いると思っていた片倉さんがいないと、無性に心配になる。会える場所をここしか知らないから、そこからいなくなられると不安になってしまうのだ。

「なんだ？　さっきまでいただろ。果鈴ちゃんも来るって言ってたじゃん。どうしたんだ、あいつ」

篠崎さんは怪訝な顔をし、よいしょ、とキャリーを地面に下ろした。携帯を取り出し片倉さんに連絡を取ろうとしたようだが、先に片倉さんからメッセージが入っていたようである。

「気づかなかった。あいつ、電話くれてた。俺が出なかったからメール入れてくれてたみたい」

「なんて言ってます？」

不安を拭いたくて、私は早口に聞いた。篠崎さんが小さな画面を指でつつく。

「『急ぎの用事ができたので、介護施設に行ってきます』だって。介護？　片倉、身内に介護施設に入ってる人でもいるのか？」

彼が首を傾げて読みあげるのを聞き、私はすぐにピンと来た。

「栗原さんだ」

「栗原……？」

「片倉さんの師匠。先代マスターです」

先代マスター栗原さんは、認知症になってお店を引退した。それからは介護施設『つきとじの家』に入っている。偶然にも、私の母の職場である。

「お店閉めて急ぎで飛び出すなんて、栗原さんになにかあったのかな」

私はそわそわと片倉さんの貼り紙を眺めた。字は整っているが、丁寧に書いたというよりは走り書きに近い。篠崎さんは返信を打ちながら、まだ首を捻っていた。

「先代……って、父親とか？　あ、でも名字がちがうな」

「赤の他人らしいです」

「血縁もないのに、昔の上司が調子を崩すと店を閉めて会いに行くのか。そんなに大事な人なのか？」

篠崎さんに言われ、私はたしかにそれもそうだなと思った。考えてみたら、昔のマスターとバイトという関係に過ぎない。ただ、そんな上っ面の関係よりも深いものが、あのふたりには根付いているようなのだ。

「栗原さんがまだマスターをしていた頃に片倉さんがバイトとして入って、引退するときに栗原さんはこのお店を片倉さんに委ねた、という経緯があるんです」

もう、六、七年前のことらしい。私がこの町に来た頃には、お店にはすでに片倉さんしかいなかったので、当時を知るわけではない。だが、当時の常連で片倉さんの学生時代の恩師という人物から、そんな話を聞いたことがあった。

「栗原さんはただのバイトだった片倉さんに店を譲ったし、片倉さんはそれを大切に引き継いでるんです。つまり、それって」

海風が吹く。私は邪魔な髪を耳にかけた。

「それって、よくわかんないけど絆が深いってことなんじゃないでしょうか」

栗原さんにとって片倉さんは、お店を任せても大丈夫だと信じられる存在だった。片倉さんにとって栗原さんは、それを断らないで守りたいと思える存在だった。

私は、それほどの上司に出会ったことはない。だけど片倉さんにとって栗原さんは自分の人生を変えた人なのだ。今の片倉さんの仕事に対する姿勢やお客さんに慕われる人柄も、栗原さんの影響は大きいのだ。

「これは私の勝手な想像なんですが……片倉さんのかぶり物、おそらく栗原さんの引退が大きく関係してると思うんですよ」

「おっ、興味深い。ぜひ見解を聞かせてくれ」

篠崎さんが外壁にもたれかかった。ニヤリとする彼を前に、私は人さし指を立てた。

「まず……片倉さんは、栗原さんの下で働いていた頃、結構厳しくしごかれていて日々苦しんでいたようなんです。そんな中、栗原さんが認知症を患いはじめて、理不尽に酷いことを言うようになったんだそうです」

『お前の代わりなんかいくらでもいる』――片倉さんは、何年も耐えて耐えて栗原さんについていったのにそう言われ、挙句の果てに邪魔だ出ていけとどやされ、殴られた。当時の片倉さんはそれに相当傷ついたようだ。

「それと、もうひとつ。これは本当に、私の憶測話なんですが……片倉さんはその当時、プライベートも失敗していたようでして」

私は決め手もないのに変な自信を持って話した。それは片倉さんがお客さんを元気づけるために自分の友人の話として語ったことだった。片倉さんは後日「作り話」だと言ったけれど、語ったこと。

「相思相愛の人がいたのに、その人には親が決めた許婚《いいなずけ》がいて結ばれることが叶わなくて。女性が泣いていやがったけど、彼女の将来のことを考えて離れることにした、とか」

彼女は今は、双子のお母さんになった、と言っていた。作り話にしては心情がやけにリアルだったことを覚えている。

篠崎さんが訝しげに眉間に皺を寄せた。

「マタタビちゃん、それ片倉本人から聞いたの？」

「自分の話だとは、言いませんでしたけどね」

本当は私だって聞きたくないし、考えたくない。けれど、割り切らなくちゃいけないのはわかっている。でもそこまで口に出したらかっこわるい気がして、言えなかった。

篠崎さんが言葉を返す。

「片倉も、話したくないんだろうな。とくに、君には聞かれたくない話だと思うよ」

「……私も、あまり突っ込めないです。突っ込みたくない」

本人が黙秘していることを問いただすのは、無粋だ。

「そういうことが重なって、片倉さんは一個人の〝誰か〟でいることに不安を覚えるようになったんじゃないかと思うんです。代わりはいくらでもいる、ほかの誰でもいい、そんな存在になってしまいたかったんだと思うんです。彼女の〝特別〟になってしまったから、結果的に彼女を苦しませてしまった。片倉さんは自分を責めたんだと思うから」

そんな弱さを見せたくなくて、かぶり物の理由を話してくれないのかもしれない。誰でもない人でいたいから、誰かの特別な人になるのを拒んで、顔を見せてくれないのかもしれない。

「でも、彼女は片倉さんを恨んだりはしてないと思う」

片倉さんの大事な人なら、素敵な人にちがいない。自分の思い通りにならなかったからといって、自分の幸せを願った片倉さんを憎むはずがない。むしろ片倉さんに感謝しているかもしれない。

時間が解決した部分もあっただろう。きっと今なら、顔を合わせても笑って話せるくらい大人のはずだ。私は先程店を訪れた双子の母親を思い出していた。できれば、過去の恋のことなんて、思い出さないでほしいけれど。

「あくまで私の推測です。ちがうかもしれません。ただ今までの発言によると、その説が有力です」

「なるほどねえ……それっぽいな。あいつは変なところで臆病だから、そうかもしれない」

篠崎さんがお店の看板を見上げた。

「あんなかぶり物被っちゃったら、かえって唯一無二の存在になっちゃうのになあ」

「それは……本当にそうですよね」

むしろ素顔が気になって、私はもう二年も彼から離れられないでいる。冷えた潮風が吹いてくる。髪がはらはら揺れて、片倉さんの手書きの貼り紙もパタパタした。

篠崎さんがふむ、と真顔になった。

「マタタビちゃんの仮説が正しいんだとしたら、片倉はすっげえだっせえな」

語尾がやたらと力強くて、私は一瞬絶句した。篠崎さんが真面目な声色で続ける。

「仕事で悩んで、大事な人と離れればなれになって、逃げたくなったのはわからんでもない。それは同情の余地がある」

彼は腕を組んで、うんうんと自分で頷いている。

「でも、そんなのもう何年も前のことだろ？　逃げたまんま逃げっぱなしってことじゃん。いつまでも引きずってるんだとしたら最強にだっせえ！」

はっきり言い切られて、私も急に納得した。

「本当ですね！　めちゃくちゃだっさい！」

「マタタビちゃんもだっさいよ！」

篠崎さんの攻撃の矛先がいきなり私に向いた。思いもよらない巻き込みをくらい、私は目を点にした。篠崎さんが迷わず追撃する。

「それをあいつにちゃんと言わないで、すれちがわないように保身に走ってばかり。傷つけないように逃げてたのは、マタタビちゃんも同じなんじゃないのか」

グサッと、胸の奥のいちばん弱いところに突き刺さった感じがした。なにか言い返さないと思うのだが、頭がまっ白になってなにを言ったらいいのかわからない。

「ち、ちがいます。私は面倒なことに首を突っ込みたくないだけ」

まっ白なりに必死に言い訳してみたが、余計に額に変な汗が出た。篠崎さんはまったく引き下がろうとはしない。

「知りたいんでしょ、あいつのこと。だったら待ってるだけじゃだめなんだよ。なあ、小麦！」

篠崎さんが地面に座り込み、置いてあったキャリーを覗き込んだ。同意を求められた小麦が、返事をするみたいにゴソゴソ音を立てた。

私は小麦のキャリーと篠崎さんを交互に見下ろし、目を白黒させた。

「そんなんじゃないですって」

ただ、恋をするのも面倒で。

でもそんな言い訳で逃げてきたのも、本当は自分でも自覚していた。

しゃがみ込んで私を見上げる篠崎さんに、全部見透かされている気がした。思わず目線を逸らす。それでも篠崎さんの険しい視線を感じて、私はますます目を見られなくなった。

篠崎さんが急に、声を小さくした。

「ほら、そういう反応する。だから俺みたいなのにちょっかい出されるんだよ」

その謎の呟きが耳に入ってきて、私は顔を背けたまま眉を顰《ひそ》めた。篠崎さんは大袈裟にため息をついた。

「やっぱり、かわいいよね。マタタビちゃんはさっき、誰でも褒めるって言ってたけど、そうじゃなくってさ。片倉が魅力を感じるような人だもん。そりゃ話してて楽しかったし、きっかけがあればもっと仲良くなりたいって気にもなった。片倉に睨まれてるのは承知の上で、それでもちょっかい出したくなった」

ぽつり、ぽつりと篠崎さんの小さな本音が吐露される。なんだか神妙な口調は海風に泼《さら》われて消えてしまいそうで、私はまだ目を合わせられなかった。

「軽率にそういうこと言うの止めた方がいいですよ。あなたのスペックはただでさえ女の子を寄せつけやすいんだから」

鈍感な私でさえ、可能性を感じてしまったほどだ。これが美香や真智花ちゃんなら、脈あり認定確実だ。篠崎さんは、おどけることなく真剣な口調で続けた。

「じつは途中から、ちょっとわざとだった。あんまりのんびりしてるようなら、俺が横からかっさらってやろうかなとか、考えた」

意外に真面目な口調で言うので、私はぎょっとして彼の方を向いた。彼は無表情でキャリーを見つめていた。篠崎さんの話し方は、どこまで冗談なのかわからない。

「片倉の『マタタビさんは恋愛話が嫌い』は真実なのか、ただ片倉がそれを建前にして日和見状態なだけなのか、日和ってるんなら奪う隙はあるのか、取られそうになればあいつも少しは慌てるのか、確認する意味も含めてわざと君と片倉の反応を見ていた」

私の頭は篠崎さんの緩急の激しい供述に混乱してきていた。私にアプローチのようなことをしたり、片倉さんを怒らせるようなことをしたり、全部意図的だったというのか。どこまでが冗談なのか、罠なのか、まったくわからない。掴みどころのない人だ。

「わかったことは、俺の入り込む隙はなさそうだってこと。そんならどんどん行けばいいのに、マタタビちゃんも片倉もなんで行動しないのか不思議だったんだよ。探ってみても、さっぱりわかんなかった。ふたりとも、素直になることを極端に恐れてるみたいだった。どっちかが切り出したら、負けみたいなさ」

篠崎さんの言葉が胸に刺さる。この人はどこまで見透しているのだろう。私の気持ちも、私が知らない片倉さんの気持ちも、全部知っているみたいだ。

「そうやって曖昧にして、いつまで逃げてるつもり?」

純粋な瞳で、私を覗き込む。篠崎さんの猫みたいな勘のよさに、心臓のばくばくまで見破られている気がした。

「……わかりにくいかもしれませんが、こう見えて、毎日前進してるんです……たぶん」

覗き込まれた瞳から、また目を逸らした。

「少しずつ、少しずつ確認してるんです。あの人は誰にでもまんべんなく優しいので、向こうにとっては私なんかただのお客さんのひとりに過ぎないのかもしれないから。困らせちゃうようなこと言って、のんびりお茶して話してるあの心地いい時間が消えてしまったら困るんです。私自身の素直な気持ちはなんなのか、それをあの人が受け止めてくれるのか、慎重に確認しながら進んでるんです」

「ふうん……まあ、人には人のペースがあるから、俺が口出しすることじゃないのかもしれないな」

篠崎さんが静かに鼻を鳴らし、ぽんとキャリーに手を乗せた。

「片倉の友人としてアドバイスをしてやろう。あいつ、教えてやらなきゃだっせーままで、変わんないぞ」

「ははは……お友達のアドバイスなら、すごく真実味がある」

お店の脇で風に吹かれるネコジャラシが、視界の端で揺れている。

このお店から、私のそばからいなくならないだろうという変な安心感に甘えて、全部曖昧にしてきたせいで、いまさらおかしなことを言って関係が壊れるのが正直、怖い。

でも、と、私は扉の貼り紙を見て思った。こうしてある日突然、姿を消してしまう日が来るかもしれない。そうなったとき、きっと今のままでは後悔する。

都合のいい半端な距離を保っているのは、篠崎さんの言葉を借りれば、「最強にだっせえ」のだ。

「あれえ？　なにしてるの？」

背後から飛んできた高い声に、ハッと振り向いた。果鈴ちゃんがこちらを見上げて立っているではないか。

「お店、開いてないの？」

ピンクのリュックサックの肩ベルトに両手を添えて、首を傾げる。私は果鈴ちゃんに会釈した。

「果鈴ちゃん。片倉さん、急に用事ができたみたいなの」

「えーっ。せっかく来たのに」

それから、彼女は私の後ろに座っていた篠崎さんに気がついた。

「わ！　誰？　もしかしてこの人が、ゆず兄の言ってたお友達？」

「おっ！　もしかしてこの小さなレディが、片倉の姪っ子の果鈴ちゃんか⁉」

篠崎さんの方もぱっと目を見開いた。果鈴ちゃんも大きな瞳をきらきらさせた。

「わああ！　思ってたよりずっとイケメンだった！」

「思ってたとおりかわいかった！」

ふたりがさっそく熱い握手を交わす。なんだかすごいふたりが邂逅《かいこう》した。

「姪っ子だよね？　すごく似てるから一瞬親子かと……」

篠崎さんが呟いたのを、私は聞き逃さなかった。

「似てるんですか⁉　顔が⁉」

いまだ片倉さんの素顔を見たことがない私にとっては果鈴ちゃんが似ているというのは大きな情報だ。篠崎さんは果鈴ちゃんの髪を撫でて、付け足した。

「似てるよ。片倉のかわいくないところを全部かわいくしたら、果鈴ちゃんになるって感じだな」

「ヒントになってるようでいて全然想像できない」

眉間を押さえた私を見て、篠崎さんは楽しそうに笑った。

「いいんじゃない。近いうちに、本物見てやれば」

ぶぶ、と篠崎さんの携帯がバイブ音を鳴らした。彼はその画面を確認し、目を細めた。

「片倉、今から戻るってさ。案外早かったな」

その言葉で、私はぱっと顔をあげた。

「そうですか！　よかった。果鈴ちゃん、一緒に待っていよう」

戻ってくる安心感と、会える嬉しさと、ほんの少しの緊張が入り混じる。

午前の海の風が涼しい。喫茶店の貼り紙がぱたた、と軽やかな音を立てていた。

Episode12・猫男、恋をする。

十月に入ったあさぎ町は、少しばかり肌寒い。けれど、海からはのどかな風が吹いて海はきらきらと波立っている。

片倉さんが戻ってきたのは、正午を少し過ぎた日の高い時間だった。

「マタタビさん」

向こうから声をかけてきたくせに、振り向いたら慌ててかぶり物を被っている最中だった。

「準備ができてないなら、なんで呼んだんですか」

あははと笑った私に、片倉さんは猫頭を両手で支えて照れ笑いした。

「失礼しました、なんだか無性に呼びたくなってしまって」

ぽつっと小声で呟いたのがしっかり聞こえて、胸がきゅっとなった。戻ってきてくれただけで、ふっと穏やかな気持ちになる。やはりこのお店に、この人は不可欠だ。

出かけて戻ってきたばかりの様子なのにしっかりかぶり物を持っていた片倉さんに、私はハッとなった。

「あれ？　まさかかぶり物持って出かけたんじゃないですよね？」

「慌てて店を飛び出したので、うっかり小脇に抱えて出てしまったんです。店の裏庭に放っておいたんですけど、よかったです。お陰で今、ギリギリマタタビさんに顔を見られずにすみました」

ということは、またあとひと息のところで素顔を見逃したというわけだ。悔しくて私は片倉さんをじーっと睨んだ。

片倉さんは外壁に寄りかかる篠崎さんと果鈴ちゃんにも顔を向けた。

「篠崎くんも。果鈴ももう来てたんだ。ごめん、お待たせしました」

「おっそいよゆず兄。待ってる間、マタタビのお姉さんとシノ兄とずうっとお喋りしてたんだから。お昼食べるつもりで来てるんだから、お腹空いちゃったよ」

果鈴ちゃんがぷんぷん怒る。果鈴ちゃんはこの十数分で篠崎さんにすっかり懐いて、もう『シノ兄』なんて呼んでいる。

私は扉の鍵を開ける片倉さんに問いかけた。

「施設に行ってたと聞きましたよ。栗原さんですよね、どうかしたんですか?」

片倉さんが緊急出動するほどの事態だったはずだ。片倉さんはかぶり物をぐったり下げて、貼り紙を剝がした。

「体調を悪くしたと聞いて、慌てて会いに行ってきました。でも、着いた頃には回復していました。寝て起きてよくなったみたいです」

「よかった。なんともなかったんですね」

「ええ。僕が来たらちゃんと僕だと認識してくれましたよ。将棋で一戦してから帰らせてもらいました。急に店を閉めたりしてすみませんでした」

そう語る片倉さんに、私は思わず笑みが零れた。

「いいんですよ。それよりちゃんと会いに行ってくれて、私は嬉しいです」

栗原さんに苦手意識を持つ片倉さんは、栗原さんから連絡を受けても会いに行くのを拒んだことすらあった。それが今では、心配になるとすぐさま駆けつけるほどになっている。この人の中でも、ひとつ乗り越えたものがあるようだ。

かちゃかちゃと鍵を回し、片倉さんが扉を押し開けた。誰もいない静かな店内に、ほんのり広がっているコーヒーの残り香。片倉さんが電気を点けると、薄暗かった店の中がふわっと黄色い光を孕み、魔法にかかったみたいにあの愛おしい空間が広がった。片倉さんがカウンターに入り、エプロンをかけると、さらに見慣れた光景に変わる。果鈴ちゃんがカウンター席の椅子に飛び乗った。篠崎さんもその横に座り、床に小麦のキャリーを下ろす。店内に賑やかな彩りが添えられる。

私もその中に入りたくて、定位置の窓辺の席に腰を下ろした。窓の向こうの海が波打つたびに煌めく。いい天気だ。

篠崎さんがカウンターの向こうの猫頭を見上げた。

「片倉。俺はちゃんとマタタビちゃんに謝ったぞ」

「当然でしょ。篠崎くんの軽はずみな言動でどれほどの女性が迷惑しているか」

片倉さんが篠崎さんに手厳しく接する。篠崎さんは面倒くさそうに繰り返し頷いた。

「はいはい！　反省してるよ、改める気はないけどな。マタタビちゃんにはお詫びと小麦の件のお礼も兼ねてここは奢らせてもらいましょうか」

「やった。なににしようかな」

私は篠崎さんににっこりして、メニューを手に取った。

「あっ、またメニューが変わってる！」

手書きで書き加えられた新しい文字が、メニューの隅っこでひっそり主張している。

「今年はコーンスープをはじめたんですね。あ、小っちゃいシチューもある」

温かそうなメニューが並び、私はうっとり頬を緩めた。季節の移ろいを感じる。温暖なこの町に、冬の足音が近づいてきている。

温もりのある手書き文字をしばらく追いかけ、私は結局、定番に返った。

「そうだなあ。今日は、温かいレギュラーコーヒーを」

「かしこまりました」

スッとカップを用意する片倉さんに、私の目は自然と奪われた。ふわふわの猫頭の毛が微風に揺れて、流麗な仕草とミスマッチな愛らしさを振り撒いている。

「片倉、俺もコーヒー！　マタタビちゃんと一緒のにする」

篠崎さんが片手をあげ、果鈴ちゃんもその動きを真似た。

「果鈴はコーヒー牛乳！」

「はーい」

片倉さんがちょっと気の抜けた返事をした。それがなんだか妙に親近感があって、私はまた頬を綻ばせた。

篠崎さんが、キャリーと共に持ってきていた紙袋を掲げた。

「じゃん！　お土産です」

「おや、気が利く。九州へはお仕事だったのに」

片倉さんが労いながら、コーヒーを淹れる。ふんわり立ち昇る湯気が豊かな香りを放ち、乾いた空気をわずかに湿らせていく。

「これはなんと、長崎の名店のカステラです」

紙袋から箱を取り出す篠崎さんに、私と片倉さんは、あっと短く叫んだ。

「九州とは聞いてたけど、長崎だったんですか！」

私は篠崎さんに、果鈴ちゃんと片倉さんの間の小さないざこざがあったことを話していた。それを知らない果鈴ちゃんが、ぱあっと顔を輝かせる。

「すごーい！　シノ兄、なんで果鈴がこのカステラ食べたいのわかったの⁉」

「なんでかなー？　果鈴ちゃんは片倉の分まで食べていいからね」

ニヤニヤする篠崎さんを、片倉さんが無表情で篠崎さんを凝視した。

「君という人は……果鈴、ひとつくらいは僕の分を残しておいてね」

片倉さんの手がコーヒーを並べる。私の前にも、温かいコーヒーが置かれた。

「失礼します。レギュラーコーヒーです」

ほかほかあがる湯気が香りを運び、黒い水面がきらきらと照明を反射する。

果鈴ちゃんがキャッキャと無邪気にカステラの箱を開けた。個包装のパッケージに包まれた黄色いふわふわと茶色い頭が覗く。

「わあい。シノ兄ありがとう。いただきます！」

果鈴ちゃんはさっそくカステラを頰張って、カステラで膨らんだ頰をまっ赤にした。

「おいしい！　ふわふわで甘くて、しっとりしてる」

「よかったね、果鈴。ずっと食べたがってたもんね」

片倉さんが微笑ましそうに言う。果鈴ちゃんがカステラに執着しているのは半分くらい片倉さんのせいなのだが、私はあえて突っ込まないことにした。果鈴ちゃんが鋭く片倉さんを見上げる。

「でも長崎旅行には連れていってね？」

「うんうん。わかってるよ」

片倉さんは苦笑気味に繰り返し頷く。果鈴ちゃんは満足げににんまりして、再びカステラを口に含んだ。幸せそうにほわんと目尻を垂らす果鈴ちゃんを見て、篠崎さんがくすくす笑った。

「表情までそっくりだな」

「似てるんですか⁉　片倉さんに⁉」

また片倉さんの素顔情報が入ってきて、私は篠崎さんと向かいの猫頭を交互に見た。片倉さんが咳払いする。

「似てませんよ。ね、果鈴」

「果鈴、ゆず兄に似てるってよく言われるよ」

「あれ……？」

微笑ましいやりとりに、私はむーっとむくれた。よく考えたら、ここにいる面子は私以外皆、片倉さんの素顔を知っているではないか。

「そんなふうに煽られたら、かぶり物奪いたくなっちゃうんですけど」

「だめですよ。秘密です、秘密」

つまらなそうにする私を、片倉さんは逆におもしろがっているようにすら見えた。

果鈴ちゃんがもぐもぐカステラを頬張って、篠崎さんを見上げる。

「ねえ、ゆず兄とシノ兄ってどういうお友達なの？」

「釣り友達だよ。そこら辺の防波堤でよく一緒に釣ってんの」

篠崎さんが窓から見える海に目をやると、果鈴ちゃんはさらに目を輝かせた。

「いいなあ！　果鈴もシノ兄と一緒に釣りしたい！　今日はしないの？」

「車の中に釣り具積んであるから、できるっちゃできるぞ」

「しようよ、しようよ！」

好奇心がくすぐられたのか、果鈴ちゃんが篠崎さんの手をぶんぶん振ってせがむ。篠崎さんが片倉さんの方を見上げた。

「かわいい子にお願いされると断れない。片倉、ちょっと果鈴ちゃんと一緒に釣りしてきてもいい？」

「果鈴の面倒見てくれるの？　ありがとう」

片倉さんがカステラに伸ばした手を止めた。

「今日は少し風が出てるから釣りにくいかも。でも漁港の辺りならうねらないポイントがある。海に落ちないように気を付けてね」

「よっしゃ、行くぜ果鈴ちゃん！」

「行くぜー！」

篠崎さんがコーヒーを飲み干し、果鈴ちゃんも喋り方を真似て椅子から降りた。きゃーっと楽しそうに扉の外へ駆け出していく。

「大物釣ったら今日の夕飯にしよう！」

「釣ろう、釣ろう！」

無邪気な背中を見送るように、ドアベルがカランカランと鳴り響く。

「早めに戻っておいでね、お昼ご飯作って待ってるから」

片倉さんがふたりに呼びかける。嵐のようなふたりがいなくなると、お店の中は急にしんとした。

「片倉さん、釣りが好きなんですね。そういう話あんまり聞かないから、釣りやすい場所とか知ってるの、不思議な感じ」

私はふたりがいなくなったあとの扉を眺めて笑った。音は止まったが、ドアベルはまだ揺れている。片倉さんは猫頭をぽくっと頷かせた。

「ふふ、これも栗原さんと橘《たちばな》先生に教えてもらったんです。この町に来てから知ったことが、案外たくさんありまして」

先代の栗原さんと、その友人であり常連だった片倉さんの恩師、橘さん。このお店と片倉さんをこんなふうに育てた人たちだ。私も感謝したいふたりである。

片倉さんがカップを手に取って、カウンターの向こうに置いてある椅子に腰かけた。カップにコポポ、と丁寧な手つきでコーヒーを注いでいる。私は自分のカップに唇をつけ、その仕草を見ていた。珍しい、片倉さんが自分のためにコーヒーを淹れている。きっとカステラがあるから、お供にコーヒーを淹れるのだろう。片倉さんのかぶり物は猫の外から飲食できるようになっている。

静かな空間にコーヒーの注がれる音が聞こえる。キャリーの中の小麦は眠ってしまったのか、物音ひとつ立てない。狭くて落ち着くようだ。

心地よい寂しさがお店の中を流れている。周りに誰の気配もない静けさに、酔った状態で片倉さんと話した昨日の夜更けの店内を思い出す。今はあのときとは違って外が明るい。窓から入る自然光が、片倉さんのかぶり物をほんわり照らしていた。

片倉さんがかぶり物の口元にカップを寄せ、中に滑り込ませた。どうなっているのかさっぱりわからないが、器用にコーヒーを飲んで、ふうと息をついている。

「ねえ、片倉さん」

私はふたりぼっちの沈黙を、そっと破った。

「モフモフしてもいいですか」

「ふふ。だめです。かぶり物しか触られてなくても、緊張するものなんですから」

片倉さんがやんわり制する。私は少し、肩を竦めた。

「ロック画面を片倉さんとニャー助の写真にしてからというもの、なんだかどうにも触れたくなるんですよ。すごく近くにいるのに、まったく届かないみたいな、そんな錯覚が起こるんです」

片倉さんがニャー助を触って、アレルギーが軽減されたと喜んでいた、あの日の写真だ。画面の中という小さな世界にあの瞬間が切り取られて、見るたびに愛おしくなるのである。

目を瞑って、コーヒーを啜った。苦味と、渋味と、わずかな酸味が口の中でじわり広がる。片倉さんも、カップのコーヒーを傾けている。

私はまた、静かな空間にぽつりと声を響かせた。

「片倉さんは、後悔することはありますか？」

「もちろんです。毎日、小さな後悔の連続です」

片倉さんがカップから口を離した。

「昨日は二度寝してしまったせいで、朝が慌ただしくなってしまいました。それに先程も、冷静さを欠いて慌てて出かけてしまった。篠崎くんだけじゃなくてマタタビさんにも連絡すべきだったかな、とか、思っています」

外のカモメの声が聞こえるくらいに、店内が静寂に包まれている。

「大事な選択を誤ったことは、ありますか？」

私はコーヒーに息を吹きかけた。水面がわずかに波打つ。

少し、賭けに出た。この人が今、どれくらい自分自身を許しているのか、聞き出そうとした。

片倉さんはやや考えて、答えた。

「わかりませんね」

片倉さんはなにを思い浮かべたか、はっきりは言わなかった。

「マタタビさんがいくら鈍感でも、僕のくだらない過去については勘づいていらっしゃることと思います。なにを優先すべきか……誰の幸せを優先すべきか、そのために犠牲になる人に誰を選ぶべきか。そんな途方もなく難しい選択を迫られて、自分が出した答えが正しかったのか、今でもわかりません」

私がなにを確認しようとしたのか、察してしまったみたいだ。片倉さんはぼかすように、それでいて伝えようとしていることは私にわかるように、答えた。

あなたが自分を犠牲にして幸せを優先させた女性はかわいい双子を連れて、今でもあなたに会いたがっている。私はそれを言いかけて、呑み込んだ。

片倉さんはひと呼吸おくついでに、ふう、とコーヒーに息を吹きかけた。

「しばらくは後悔しました。ですが、誰かのために後悔しているのだとしたら、それはその人のことを想っている証拠です。それならそれで、一生後悔しましょう。この気持ちはきっと伝わっているだろうし、別の選択をしていたとしても、後悔しなかったかどうかはわかりません」

片倉さんの声が、かぶり物の中でくぐもる。くぐもっているのに透き通っていて、私は目を閉じた。この人の中で、そしてあの人の中で過去になっているのなら、もう、解放されていると思っていいのだろうか。もう、誰かの〝特別〟になることを、拒んだりしないだろうか。

「それに僕は、今では心の底からこれも正解だったと思っています」

片倉さんがまた、コーヒーカップをかぶり物の中に吸い寄せた。

「ああなって今があるから、こうしてあなたと話しているんです。これ以上の幸福を、僕は知らないんですよ」

じわっと、胸の中でなにかが溶けた気がした。

かぶり物を見上げ、作り物のボタンの瞳にまた胸がぎゅっとなって、コーヒーを啜ることで落ち着こうとする。

「片倉さんがかぶり物を被るのは、もう傷つきたくないから、ですよね」

私はカップの取っ手をきつく握った。

「お仕事に疲れて、大事な人とも会えなくなって、〝特別〟ではない自分以外の誰かに変わろうとした。だからあなたは、猫さんになってしまったんですよね？」

言ってはいけない気もしたけれど、さっき篠崎さんから叱られたばかりだ。だから、言うことにした。

「でも、猫ってすごく自分らしく生きる動物じゃないですか。顔を隠すなんて、正反対だと思います」

ニャー助も小麦も、ほかの猫だってそうだ。気まぐれで勝手気ままで、マイペースだ。どこでも眠っていつでも自由。機嫌が悪ければ理不尽に怒るくせに、構ってほしいときはこちらの都合なんか関係ない。自分が最優先なのだ。そのわがままな愛嬌が、人間たちを振り回す。

猫の頭を被っているくせに、片倉さんにはその猫らしさが全然足りていない。

「私も、これからは自分に正直になろうと思います。好きな人には好きって、ちゃんと言えるように」

心臓がうるさい。声が震えて、手も震えて、なぜだか涙腺まで震えてきた。泣きそうになってしっかり前を見ることができない。コーヒーがゆらゆらと、円の波を揺らす。浅い呼吸をその水面に吐きかけて、辛うじて声を絞り出した。

ちらと目をあげると、片倉さんは無言でコーヒーを胸の高さで持っていた。窓側に体を寄せて小さくなる私をカウンター越しに見つめ、コーヒーの湯気を揺らめかせている。

やがて彼は、はあ、と大きなため息をついた。

「あなたにそのように認識されていたというのは、非常に残念ですね……」

「えっ……」

私は顔をあげ、真っ直ぐにそのかぶり物と見つめ合った。片倉さんはまた、コーヒーカップを傾けた。

「いろいろ悩んでいたことがきっかけだったことは認めます。傍若無人な先代からいきなり店を継がされて、経営のことなんかわからなくて苦しみましたし、プライベートは充実しなくて、落ち込んだりもしました」

片倉さんがいつもより少しだけ早口になる。

「だから、ちょっと限界を迎えた瞬間がありまして。そのときちょうど姉からもらったかぶり物と目が合って、その勢いで、そうだ、一日だけ猫さんになってお店に出てみよう、と……そんなおかしな発想に至ってしまったんですよ。我ながら情けない」

「それは……病んでましたね」

私は苦笑いで同情した。

「でも、一日だけのつもりだったんですよね？」

尋ねると、片倉さんはかぶり物を指でつついた。

「最初は、おっしゃるとおり匿名の存在に変わりたいと思ったからです。一日だけ変わって、改めて自分を見直すつもりでした。それなのに今もこんなことを続けている。その理由は、ひとつには絞ることができません」

彼はそう前置きをして、カステラをひとつ手に取った。

「最初の一日目に、意外とお客様からの反響がよかったというのがひとつ。それから、こうして顔を隠していると自分も人と話しやすいし、お客様も話しやすくなるのだと気がついたことです。そのうちいろいろな相談をされるようになり、匿名の人間でいることの意義を感じはじめました」

片倉さんが淡々と話すのを、私は黙って聞いていた。

片倉さんは、お客さんを大事にする。お客さんにとって居心地のいいお店でいたいから、お客さんが喜んでくれるかぶり物を定着させたのだとわかった。

「最初にお会いしたときに言ったことも本当です。猫が好きだから。これも理由のひとつ」

片倉さんはいったん、そこで言葉を切った。お土産のカステラをもそもそと口に運ぶ、自然な仕草を見せる。またコーヒーのカップを手に取って、ひと口啜った。

「あともうひとつ、現在最大の理由があるんですが……わかりますか？」

かぶり物のボタンの目に私が映り込む。私はコーヒーカップを口に寄せて、目をぱちくりさせた。答えを出さない私をしばらく待ってから、片倉さんはため息交じりに苦笑した。

「本当に、鈍感ですね」

片倉さんが、カップを置いた。それから、猫の頭のふかふかなほっぺたに両手を添えて、少し首を竦める。

「これを被っていると、興味を示してやってくる人がいるんです。僕はその人に、来てほ

ですよ」

「『いつかそのかぶり物を剝いでやる』と、宣言したお客様に……会いに来てほしいからして」

両頰に添えた長い指が、かぶり物をそっと縦に押しあげた。

猫の顎の下から、首筋が覗いた。はらはらと髪の先が零れだして、その色を露わにしていく。心臓がどきんと、跳ねあがった。目が釘付けになる。流れる時間が鈍くなって、動作のすべてがやけにスローモーションに感じた。

「マタタビさんのおっしゃるとおりですね。猫はあんなに、自分を優先して生きてる。僕も、気づかないふりなんてずるいことをするのは、もうやめようと思います」

猫の頭は、ぱさ、と乾いた音を立てカウンターに置かれた。顔だと錯覚していた猫のかぶり物が抜け殻になる。ボタンでできた丸い瞳が壁を見ていた。私はその猫の顔から視線をあげた。目の前の青年がぺしゃんこになっていた前髪を払うようにふるふるとわずかに顔を振る。柔らかそうな髪の先っぽが空気を孕み、揺れる。瞳がそっと、私を見た。

私は、コーヒーカップを唇の前で止めてしばし動けなくなった。頭がまったく動かない。だって、目を合わせたのは初めてで。

言いたいことは山ほどあるのに、見たら言おうと思っていたこともあった気がするのに、声の出し方さえ忘れてしまった。カウンターの上で猫のかぶり物が遠くを見ている。茶色いしましま模様は、からっぽになってじっと動かない。

手元でコーヒーが湯気を昇らせている。その匂いが体中の神経をぴりぴりさせて、言葉が喉で絡まって出てこなくなる。

「こんなことしたの、篠崎くんと果鈴には秘密ですよ。戻ってくる前には、もとの猫に戻ります」

負けを認めたみたいにそう言って、彼は目を細めた。

「外しちゃったら、もう会いに来てくれなくなっちゃいますか？」

微笑んだ瞳があまりにもきれいに見えて、せっかく頭の整理ができてきたのに、再びあらゆる言葉が飛んでしまった。

「初めまして」なのに、よく知った人。よく知っているのに、こんなに会いたかった人。

ずっとずっと、会いたかった。

「あの……」

私はやっと、声を絞り出した。なぜか泣きそうな声になっていた。

「顔を知っていても、また会いに来てもいいですか？」

反対に尋ね返したら、彼はまた、ふわりと微笑んだ。

猫男と猫と陽だまり。

「ただいまです。買ってきましたよ」

玄関で靴を脱いで声を投げたが、返事はなかった。

平日の昼下がり、天気のいい日だ。

「あれ？　ただいま帰りましたよ？」

買い物袋をカサカサいわせて玄関をあがる。キッチンから甘く香ばしい、いい匂いがする。でも、そこに彼の姿はない。

少し見渡してみたら、リビングの窓辺に転がっているのを発見した。思わずぎょっと目を剝く。

「えっ⁉」

カーペットから外れた木目柄の床が剝き出しのところで、死んでいるかのように倒れているのだ。その胸元には、丸くなった茶色いしましまの背中。一緒にすやすや寝息を立てて、背中を小さく膨らめたり萎めたりしていた。

「ちょっとー。あなたが急にアップルパイを作りたいって言い出したから、バニラアイス買ってきたんですけど。なんでお昼寝してるんですか！」

ゆさゆさと背中を揺する。すると閉じられていた目が薄く開いた。

「ん？」

いつもの、温かい声。

私は手に持っていた買い物袋をずいっと顔の前に置いてやった。

「お昼寝の邪魔をしてすみません。でも猫ばっかりじゃなくて私の相手もしてください」

「あれ、僕いつの間に寝ちゃったんだ……」

窓から入る陽光に、眩しそうに目を細めている。床で柔らかそうな猫っ毛の髪がくしゃくしゃになっていた。あまりにも無防備だ。彼はまだ眠っているしましま模様の丸い背中にそっと手を乗せた。

「この子とゴロゴロしてるうちに、あったかくて眠くなっちゃいました。すみません」

「まあ、アレルギーがだいぶよくなったのは喜ばしいことですよね」

念入りな掃除や空気清浄機の導入、彼自身の休息など。小さな努力が実って、彼は今ても満足そうである。猫をずっと膝に乗せているとむせはじめることもあるけれど、最近はほとんどアレルギー症状を起こさなくなった。あれだけくしゃみをして目が痒いと訴えていたのが嘘みたいだ。

私はのっそり腰をあげ、買ってきたバニラアイスを冷凍庫にしまい込んだ。

「せっかくお休みの日に合わせて私も休んだんですよ？　休みの日にまでお菓子作らなくてもいいのに」

アイスを片付けて再び戻ると、彼は陽だまりの中で上体を起こして座っていた。

「作りたいから作ってるんです。今オーブンの中で焼いてるとこですので、小休止としてこの子に遊んでもらってました」

猫の背中をぽんぽんする彼の頬には、床の筋がくっきり痕を付けている。その間抜けな顔で、彼はハッといきなり思い出した。

「あっ、今のだめですよ。話し方を矯正しようって約束したじゃないですか。他人行儀っぽくていやだって言うから」

「それはそっちもじゃないですか！」

私は隣に座って、むっと睨んでやった。

初めて出会った頃には、こんな日が来るとは思っていなかった。

いつからか望むようになって、初めて〝会った〟日からそれが時折叶うようになった。唯一の場所だったお店以外でも、こうして一緒に過ごすようになり、今まではしなかったような会話をするようになった。謎の多いこの人と話すと、毎回のように新しい発見がある。それは私だけが知っている特別な秘密のような気がして、私はそれがなにより誇らしい。

なんでもない日々がのんびり経過して、何日、何か月と、日常を重ねていく。私とこの人は少しずつ、共有する時間を増やしていった。

「今日はいい天気ですね」

くしゃくしゃの髪を整えるでもなく、彼はなんの変哲もない言葉を零した。

「はい。陽射しが柔らかくて、いい天気ですね」

だから私も、なんの変哲もない言葉を返した。

この人と言葉を交わせられれば、意味なんかなくても、幸せで。

彼はまた、ごろんと体を倒した。床に頬を付けて、胸のあたりで丸まっているしましまの背中を撫でる。

「また寝ちゃうんですか？」

「寝ませんよ。陽射しがあったかくて……ちょっと眠いですけど……」

くわ、と欠伸《あくび》をする彼は、なんとなく猫っぽかった。なんだかすごく、平和だ。

「じゃあ、アップルパイが焼けるまでお昼寝しててもいいですよ」

私はそんな許可をして、自分もしましまの背中を挟んで彼の横に寝転がった。

「えっ？」

「あなたがそこで寝るんなら、仕方ないから私もここで寝るんです」

「なにそれ」

猫みたいにきらきらしたきれいな瞳が、私の横で微笑んだ。

寝転がってみると、眠くなるのがよくわかった。柔らかな陽射しが心地よくて、うとうとしてしまう。隣で彼が眠たそうな声で言った。

「じゃあ、アップルパイが焼けるまで」

「うん」

微笑んだ目がゆっくり細くなると、そのまま閉じてしまった。私も数秒かけて、そっと目を閉じた。

「以前、自宅付近に黒い猫がいて、なかなか仲良くなれないって話したことがあったじゃないですか」

気まぐれに喋り出した彼に、私はもう一度目を開けた。彼も、私の瞳を覗いていた。

「最近、手を差し出したら撫でさせてくれるようになったんです」

私が追いかけていた茶トラ白の猫も、最近とても素直になりましたよ。

そう言おうと思ったけれど眠くなってしまって、私は口角をあげただけで再び目を閉じた。

アップルパイがオーブンの中で焼ける匂いがする。手には猫の温もりを感じて、陽射しが心地よくて、君がいて。

今こんなに近くにいても、きっと私は明日も、あのお店の猫のマスターに会いに行くだろう。

end

あとがき

ようこそ、『喫茶 猫の木』へ。

初めましての方も、いつもお世話になっている方も、ここまでお読みくださりありがとうございます。

これは海辺の小さな田舎の町にある、喫茶店の物語。一生懸命生きている人たちが、ふっと息をつける場所です。マスターは変人のようでいてしっかりしているようでいて、結構人間くさい。そんなお店ののんびりとしたリラックスタイムを、読者様にも届けられていたら嬉しいなと思うのです。

今回は、マタタビさんやマスター、友人たちやご来店のお客様、皆が自分のペースで少しだけなにかを乗り越えました。大人が大人になるための成長だったり、また、変化することへの葛藤だったり。変わることで見失いたくない、自分らしさであったり。小さくて大きな一歩です。

私自身も、この物語を描くにあたってたくさんの方と出会い、成長させてもらいました。物語をお届けするために必要なことを知り、読者様との交流で様々な感覚に触れたりと、いろんなことを教えてもらいました。まだまだ未熟者の私ですが、皆様にひとつ大人にしてもらったような気がしています。

そして書きはじめる前よりももっと、猫をはじめとする生き物たちが好きになりました。動物たちは言葉を話せなくても、心を通わせてくれます。今度猫を見かけたら、ゆっくり目を瞑って挨拶してみてください。すぐには仲良くなれなくても、気持ちは伝わると思います。


これにて「喫茶『猫の木』」シリーズは閉幕になりますが、『猫の木』はいつでも、ご来店をお待ちしています。会いたいときはまた、本を開いて会いに来てください。

この物語を通して出会ったすべての方に、ちょっとした癒しとささやかなエールを送りたいです。そして目いっぱいの感謝を申し上げたいと思います。

本当にありがとうございました。またどこかでお会いできる日を、楽しみにしています。

植原翠

この物語はフィクションです。
実在の人物、団体等とは一切関係がありません。
本書は書き下ろしです。

植原翠先生へのファンレターの宛先

〒101-0003　東京都千代田区一ツ橋2-6-3　一ツ橋ビル2F
マイナビ出版　ファン文庫編集部
「植原翠先生」係

喫茶『猫の木』の秘密。

～猫マスターの思い出アップルパイ～

2017年9月20日　初版第1刷発行

著　者　　植原翠
発行者　　滝口直樹
編集　　庄司美穂（株式会社マイナビ出版）　須川奈津江
発行所　　株式会社マイナビ出版
〒101-0003　東京都千代田区一ツ橋二丁目6番3号　一ツ橋ビル2F
TEL 0480-38-6872（注文専用ダイヤル）
TEL 03-3556-2731（販売部）
TEL 03-3556-2736（編集部）
URL http://book.mynavi.jp/

イラスト　　usi
装　幀　　小林美樹代＋ベイブリッジ・スタジオ
フォーマット　　ベイブリッジ・スタジオ
DTP　　株式会社エストール
印刷・製本　　図書印刷株式会社

 ISBN978-4-8399-6447-4
Printed in Japan

ファン文庫

喫茶『猫の木』物語。
～不思議な猫マスターの癒しの一杯～

著者／植原翠
イラスト／usi

不思議な猫頭マスターのいる
『喫茶 猫の木』へようこそ。

静岡県の海辺、あさぎ町にあるレトロな喫茶店『猫の木』。
その店のマスターは、なんと猫頭――!?
小説投稿サイト「エブリスタ」の大人気作が書籍化！

Fan
ファン文庫

神様のごちそう

突然、神様の料理番に任命――!?
お腹も心も満たされる、神様グルメ奇譚。

大衆食堂を営む家の娘・梨花は、神社で神隠しに遭う。
突然のことに混乱する梨花の前に現れたのは、
美しい神様・御先様だった――。

著者／石田 空
イラスト／転

ファン文庫

花屋「ゆめゆめ」で花香る思い出を

著者／編乃肌
イラスト／細居美恵子

心にほっこり花が咲く。
人気のプチミステリー、待望の第二弾！

思わぬ事故で花屋の店先に頭から突っ込んでしまった蕾。それから不思議な力を手に入れ——。
読後、優しい気持ちになれる物語。

Fan
ファン文庫

ダイブ！ 波乗りリストランテ

著者／山本賀代
イラスト／げみ

海上自衛官が艦の名誉をかけ、
究極の"海軍カレー"作りに挑む！

広島・呉が舞台。護衛艦の調理員・利信は、艦内の食事に思い悩んでいた——。人気作『ダイブ！〜潜水系《イルカ》公務員は謎だらけ〜』の著者が新たな世界観で自衛官を描く。